漫
日本街頭
JAPAN CULTURE
學日語

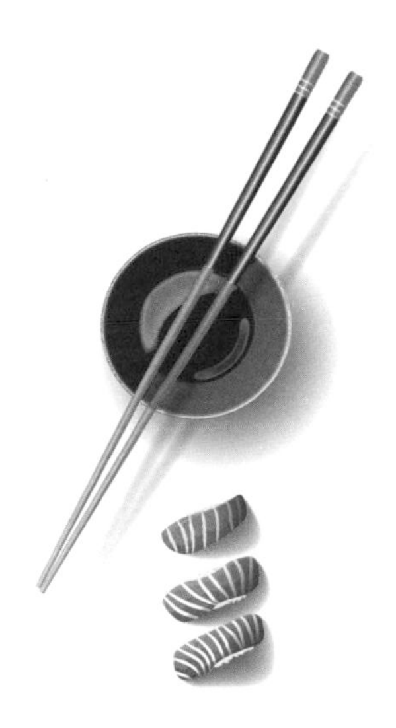

全MP3一次下載

http://booknews.com.tw/mp3/9786269640973.htm

iOS 系統請升級至 iOS 13 後再行下載，下載前請先安裝ZIP解壓縮程式或APP。
此為大型檔案，建議使用 WIFI 連線下載，以免占用流量，並確認連線狀況，以利下載順暢。

第一章 飲食

第二章 生活

第三章 娛樂

第四章 観光

第五章 文化

使用說明

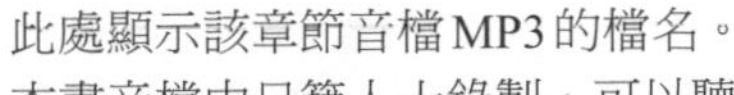

此處顯示該章節音檔MP3的檔名。
本書音檔由日籍人士錄製，可以聽到最道地的發音。
用手機掃描即可隨刷隨聽。

05.mp3

05 ラーメン屋（や）
拉麵店

拉麵在台灣也是非常有**人氣**的！在日本依據**地區**不同，味道及種類也會不同，還會有人邊走邊吃拉麵呢！

人気・にんき・人氣　　地域・ちいき・地區

部分在文章內出現的單字會**特別**標示出來，並在下面依序列出該單字的「日文・拼音・中文」。

拉麵的食材

チャーシュー
叉燒

麺（めん）
麵

ノリ
海苔

ネギ
蔥

スープ
湯

煮卵（にたまご）
水煮蛋

補充單字

拉麵常見配料：

メンマ・筍乾　　コーン・玉米粒
きくらげ・木耳　　もやし・豆芽菜
ほうれん草・ほうれんそう・菠菜　　キャベツ・高麗菜

「補充單字」是該單元特別需要列出來的常見單字。
本書所有像這樣列出來的單字都會提供發音示範。

第一章

飲食

01 日本料理（にほんりょうり）

日式料理

01.mp3

「日本料理」**定義**是使用在日本常見的材料**獨自**發展出來的的料理，也稱做「**和食**」或「**日本食**」。除了有名的生魚片、壽司之外還有許多的家庭料理，大多都很配飯。

定義・ていぎ・定義　　独自・どくじ・獨自
和食・わしょく・和食　　日本食・にほんしょく・日本食

日本的家庭料理

◆カレーライス・咖哩飯

製作簡單又好吃，在日本幾乎每個家庭都會做的代表性家庭料理。基本都會有紅蘿蔔、馬鈴薯、洋蔥，其他的食材可隨家庭喜好，千奇百怪。

◆唐揚（からあ）げ・日式炸雞

又可譯為唐揚炸雞，在雞肉上塗滿小麥粉再油炸。有些人會配檸檬汁調味，但也有些人很討厭這樣做。

◆肉（にく）じゃが・馬鈴薯燉肉

用醬油和砂糖燉炒過的牛肉、馬鈴薯等材料，不一定要用牛肉，但基本上都是牛。

◆味噌汁（みそしる）・味噌湯

味噌是大豆與米、小麥等的穀物加上鹽巴、麴發酵出來的一種醬，日式料理幾乎吃什麼東西都會付一碗味噌湯。

日本常見的食材

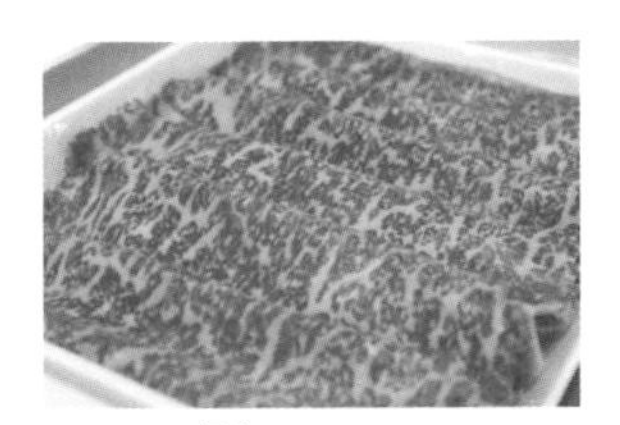

にく
肉・肉類

かいさんぶつ
海産物・海鮮

にんじん
人参・紅蘿蔔

たま
玉ねぎ・洋蔥

カレールー・咖哩塊

じゃがいも・馬鈴薯

こめ
米・米

コンニャク・蒟蒻

小知識

日本料理非常重是材料的新鮮度。一般來說比較常用麥類、蔬菜、豆類、海鮮、雞肉，很少用乳酪類。特徵是常常低脂肪、高鹽分。

02 しゃぶしゃぶ
涮涮鍋

02.mp3

在台灣也很有人氣的日本料理之一「しゃぶしゃぶ（涮涮鍋）」，是在**煮沸**的高湯內放入各種食材，**燙熟**後馬上吃掉的料理。肉稍微汆燙過後少了**油膩**感，非常清爽好吃！

沸騰・ふっとう・煮沸　　茹でる・ゆでる・燙熟
油っこい・あぶらっこい・油膩

涮涮鍋的基本用語

箸（はし）
筷子

肉（にく）
肉類

鍋（なべ）
鍋子

出汁（だし）
高湯

補充單字

きのこ・菇類　　豆腐・とうふ・豆腐
野菜・やさい・蔬菜　　ワンタン・餛飩
タレ・沾醬　　えび・蝦子

涮涮鍋的吃法

①把肉放入滾燙的熱水中輕輕涮過2~3次，等肉呈現淡桃紅色時入口是最美味的。

②在涮過肉留下鮮美甜味的高湯裡放入蔬菜，但記住不要一次全放下去，慢慢放入自己要吃的量就好。

③最後放入麵來個完美的收尾！一般會放入烏龍麵或稀飯，但也有人會放入年糕或拉麵。

小知識

「涮涮鍋」的名稱由來，是於1952年（昭和27年）大阪的SUEHIRO這家店在推出自家料理時所命名的。SUEHIRO於1955年（昭和30年）登記商標，但他們所登記的不是「涮涮鍋」，而是「肉（にく）のしゃぶしゃぶ（肉的涮涮鍋）」。因為當時SUEHIRO的社長希望每家店都能使用「涮涮鍋」這個名詞。

にほん　かし
03 日本のお菓子
日本的點心

03.mp3

日本各地有很多只有當地才吃的到的點心。和一般印象中的**精緻**和菓子不同，鄉土的**零食**大多外貌和做法都很**簡單**，也有很多是在近代才**開發**出來的。

精巧・せいこう・精緻	おやつ・零食
簡単・かんたん・簡單	開発・かいはつ・開發

鄉土零食的分類

めいか
◆銘菓・名產零食

信玄餅・しんげんもち・信玄餅

與安土桃山時代所成立的「茶道（茶道）」一同發展出的一種零食。在江戶時代茶道是上級武士或富有的商人們的娛樂，因茶道廣泛的發展至全國各地，所以在各地出現越來越多帶有地區特色的零食。

きょうどがし
◆郷土菓子・鄉土零食

五平餅・ごへいもち・五平餅

由來不清楚的零食，通稱為鄉土零食。在江戶時代之前生活不寬裕，砂糖之類的調味料較稀少，所以常採用較容易取得的「水飴（みずあめ）麥芽糖」，或是地瓜或水果來製作甜食。

ちいきげんていがし
◆地域限定菓子・地區限定零食

氷濤飴・ひょうとうあめ・冰濤糖

零食廠商特別研發出來，與市面上販售的樣子及味道不同、且只在特定地區販售的零食。為了突顯當地的特色，在製作零食時常會加入當地的特產。

日本各地的鄉土零食

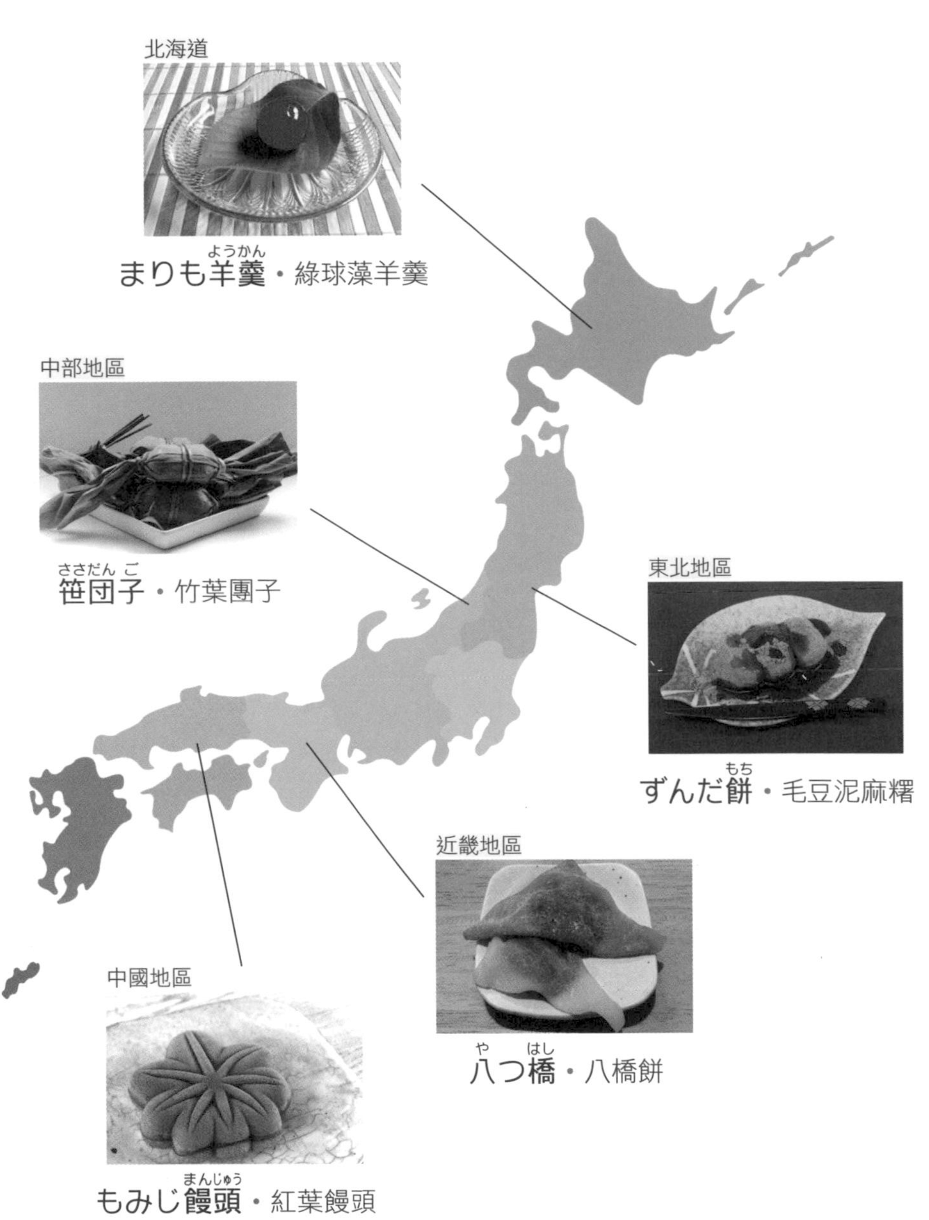
北海道
まりも羊羹（ようかん）・綠球藻羊羹
中部地區
笹団子（ささだんご）・竹葉團子
東北地區
ずんだ餅（もち）・毛豆泥麻糬
近畿地區
八つ橋（やはし）・八橋餅
中國地區
もみじ饅頭（まんじゅう）・紅葉饅頭

04 懷石料理（かいせきりょうり）
懷石料理

04.mp3

懷石料理是以茶道為**基礎**的高級料理，起源於茶會的**主催者**招待來賓的料理。特徵是料理擺放和食器美觀都非常講究，但料理本身的量偏少。

基礎・きそ・基礎　　**主催者**・しゅさいしゃ・主催者

懷石料理基本的出菜順序

1 先付（さきづけ）・先付

懷石料理一開始都會先出先付（內容大多為生魚片）、白飯及味噌湯來做開頭。

2 煮物（にもの）・煮物

我們常說「如果想知道料理師傅與料亭的程度高低，只要吃過煮物方可知道」。

3 焼物（やきもの）・燒物

主菜，常會是烤白身魚肉。享用時要注意由魚頭吃到魚尾後直接把骨頭取出，請勿翻面。

4 強肴（しいざかな）· 強餚

第二道的主菜，通常為各種蔬菜的綜合煮物或是以醋涼拌的料理，用以配飯。

5 八寸（はっすん）· 八寸

通常為魚貝類等海鮮料理，兩旁會放些許的蔬菜。是來當作下酒菜用。

6 湯桶（ゆとう）· 湯桶

蕎麥麵湯或者是鹽味的湯配上鍋巴和炒過的米，和香物配著一起吃。

7 香物（こうのもの）· 香物

醃製的食物，通常和湯桶一起上菜。

8 菓子（かし）、抹茶（まっちゃ）· 點心、抹茶

抹茶要直接用手拿起碗喝，建議不要戴戒指比較方便。

小知識

懷石料理隨店家或「流派」不同有許多不同的形式，上面介紹的出菜順序和料理內容都只是一個例子，實際上不一定會一樣。但懷石料理的基本是「一汁三菜」，意指主食的白飯加上三道菜和一碗湯，只要稱作是懷石料理最少都會準備這些。

05 ラーメン屋(や)
拉麵店

05.mp3

拉麵在台灣也是非常有**人氣**的！在日本依據**地區**不同，味道及種類也會不同，還會有人邊走邊吃拉麵呢！

人気・にんき・人氣　地域・ちいき・地區

拉麵的食材

補充單字

拉麵常見配料：

メンマ・筍乾　コーン・玉米粒

きくらげ・木耳　もやし・豆芽菜

ほうれん草・ほうれんそう・菠菜　キャベツ・高麗菜

拉麵的種類

日本的拉麵依湯頭區分，主要有四種類別。

味噌(みそ)ラーメン・味噌拉麵

醤油(しょうゆ)ラーメン・醬油拉麵

塩(しお)ラーメン・鹽味拉麵

とんこつラーメン・豚骨拉麵

◆有些麵料理分類上算是拉麵，不過形式不太一樣。

つけめん・沾麵

冷(ひ)やし中華(ちゅうか)・冷中華麵

小知識

日本拉麵的始祖為醬油拉麵，一般單只說拉麵時通常都是指醬油拉麵。但根據地區的不同，喜歡的口味也不同，例如筆者出身於北海道，從小到大都一直以為拉麵就一定都是味噌拉麵。

當地拉麵

在特定的地區裡才能享用到的拉麵稱為「ご当地ラーメン（當地拉麵）」。

1 旭川ラーメン・旭川拉麵

因北海道屬寒帶，醬油拉麵會將高溫豬油加進湯裡，使豬油覆蓋在湯上，能使拉麵的熱氣不會太快散去，但味道非常清爽。

2 札幌ラーメン・札幌拉麵

以觀光客為對象的特別菜單，會加玉米和奶油。

3 函館ラーメン・函館拉麵

和其他北海道的拉麵不同，麵條通常使用直條細麵。

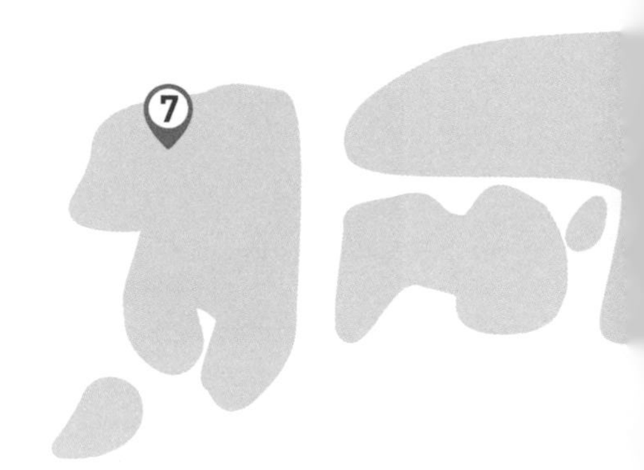

4 佐野ラーメン・佐野拉麵

櫪木縣。特色為使用竹子手工桿麵。

5 喜多方（きたかた）ラーメン · 喜多方拉麵

福島縣的喜多方拉麵是將豚骨高湯與小魚乾高湯分別燉煮好後，再混合兩樣高湯而成的拉麵，味道清淡但帶有較濃的醬油味。

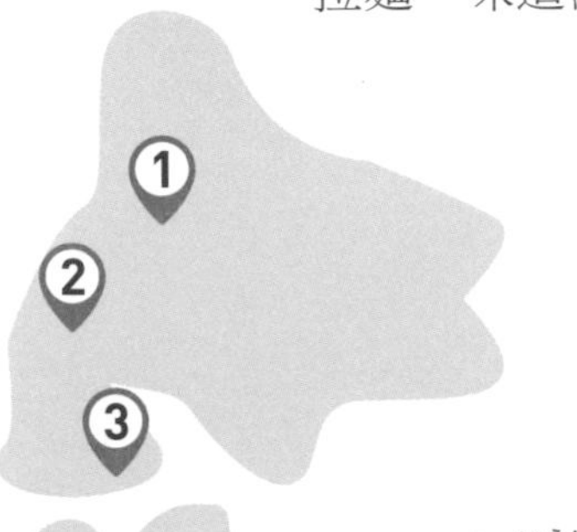

6 家系（いえけい）ラーメン · 家系拉麵

神奈川縣，橫濱市。湯頭為豚骨醬油味，麵條使用較粗的直麵條。因為拉麵店的店名大多是取自店家的姓氏再加上「～家」，所以才會有家系拉麵這名詞出現，家系拉麵的由來也來自於此。

7 博多（はかた）ラーメン · 博多拉麵

福岡縣。使用豚骨高湯與長直條細麵。

06 中華料理

ちゅうかりょうり
中華料理

06.mp3

中華料理以地域來區分，大致可分為**北京**料理、上海料理、**四川**料理、廣東料理四種。日本人也很喜歡中華料理，甚至有些中華料理已演變為日本的家庭料理。

北京・ぺきん・北京　　四川・しせん・四川

日本常見的中華料理

中華料理大多是直接將中文的漢字以日語唸出來，有時日文沒有或是太少見的字會改用片假名表示。

まーぼーどうふ
麻婆豆腐・麻婆豆腐

ちんじゃおろーすー
青椒肉絲・青椒肉絲

あんにんどうふ
杏仁豆腐・杏仁豆腐

ほいこーろー
回鍋肉・回鍋肉

小知識

因作者很喜歡台灣料理，曾在橫濱中華街上找尋過賣滷肉飯的店家，但到處都沒有在賣，問了在拉客的中國籍店員也說沒聽過滷肉飯。最後終於找到一家台灣料理餐廳有在販賣，但與台灣的滷肉飯完全不同，是在很大的碗中放了大塊的燉豬腳肉與青菜，而且還要價 500 日幣。

日本三大中華街

中華街為在中國以外的地區中的華僑、華人集中地，常常也會是當地的觀光景點，所以可以吃到符合當地人口味的中華料理。

よこはまちゅうかがい
◆横浜中華街 · 橫濱中華街

位於神奈川縣橫濱市中區山下町一帶，在約0.2平方公里的區域中擁有五百多家以上的店面，是日本最大，也是東亞最大的中華街。

こうべなんきんまち
◆神戸南京町 · 神戶南京町

橫跨神戶市中央區元町通與榮町通的狹小區域，和橫濱中華街不一樣的是神戶南京町幾乎全部都是商店，當地的華僑不會住在這裡。

ながさきしんちちゅうかがい
◆長崎新地中華街 ·
長崎新地中華街

位於長崎縣長崎市新地町，每年農曆新年時會辦的「ランタンフェスティバル（燈會）」特別有名。

07 韓国料理

かんこくりょうり

韓式料理

07.mp3

韓式料理近年在日本很受歡迎。特徵是味道辛辣的料理居多，加上可攝取許多蔬菜，特別受到女性的喜愛。

辛い・からい・辛辣　　野菜・やさい・蔬菜
女性・じょせい・女性

日本常見的韓國料理

韓國料理的名稱基本上都是照韓文發音直接套上片假名使用，但也有些料理擁有日文名稱。

サムゲタン・人蔘雞湯

ヤンニョムチキン・韓式炸雞

ビビンバ・拌飯

トッポッキ・辣炒年糕

キムチ・韓式泡菜

ナムル・涼拌小菜

令日本人驚訝的韓國飲食禮儀

各種文化有各種的飲食禮儀，韓國和日本當然也不例外。有些動作在日本能表示尊敬，但在韓國卻是很失禮的。

◆喝酒

在日本，要是上司或前輩的酒杯低於一半時，就會馬上幫忙倒酒補足，但是在韓國這樣做卻是很失禮的。喝光自己的酒後，可以把自己的酒杯交給接著想讓他喝的人並且幫忙倒酒。與他人共用同一個杯子對日本人來說是很不可思議的事情。

◆用餐

不拿起任何碗盤，直接放在桌上享用，湯品則直接用口靠近碗飲用。若是拿起碗盤進食，在韓國則會給人低俗的印象，正好跟日本相反呢！

小知識

日本有名的「コリアンタウン（韓國城）」位於東京新大久保，到處都可見韓國料理餐廳、韓國雜貨店、韓國 KTV 等，在日本也能感受到韓國的文化風情。

08 屋台（やたい）

屋台

08.mp3

屋台就是附有屋頂的可移動的店面。販賣食物或玩具等商品。相似的名稱有「露店」，但露店不限於一定要移動式，有些是直接在走道上擺設東西販賣，也有些是在一樓的店家門口前擺設商品販賣。

屋根・やね・屋頂　　移動可能・いどうかのう・可移動的
おもちゃ・玩具　　露店・ろてん・露店
歩道・ほどう・走道

屋台的歷史

屋台興起於江戶時代，當時江戶（現在的東京都）的屋台主要販賣握壽司、蕎麥麵、天婦羅等馬上就能提供給客人的食物，是現在日本食物文化的起源之一。

第二次世界大戰後，黑市的屋台逐漸風行。在新年時的寺廟裡或祭祀神明之日等的大祭典時，賣章魚燒、炒麵、棉花糖、磯邊燒、玩具等的屋台會紛紛出現於慶典會場裡擺攤。移動式屋台大多為拉麵店，而因為移動式拉麵店常會吹著「チャルメラ（雙簧管）」穿梭在夜裡的街道，所以也有人直接稱移動式拉麵店為「チャルメラ」。

補充單字

握り寿司・にぎりずし・握壽司
蕎麦・そば・蕎麥麵
天ぷら・てんぷら・天婦羅
食文化・しょくぶんか・食物文化
第二次世界大戦・だいにじせかいたいせん・第二次世界大戰
闇市・やみいち・黑市
正月・しょうがつ・新年
たこ焼き・たこやき・章魚燒
焼きそば・やきそば・炒麵
綿菓子・わたがし・棉花糖
磯辺焼き・いそべやき・磯邊燒（海苔包甜醬油調味的麻糬）

常見的屋台

◆ラーメン屋台・拉麵屋台

通常只賣簡單、單純口味的拉麵，現代比較少見，也有露營車改裝出來的拉麵屋台。

◆たこ焼き屋台・章魚燒屋台

在關西地區比較常見的屋台。章魚燒是用麵粉包章魚腳和調味料烤出來的球狀小點心，發揚自大阪府。

◆金魚すくい・撈金魚

也有不賣食物，改而提供各種遊戲的屋台。當中撈金魚是祭典中最常見的一種，客人用易破的小網撈池中的金魚，抓到可以帶回家養。

09 料理教室（りょうりきょうしつ）
烹飪教室

09.mp3

在日本會做料理的女生比較受男生的**歡迎**，但不只**初學者**，很多已經很會做料理的女生也會去烹飪教室。這幾年喜歡做料理的男生變多了，有時候也會見到男生去上烹調課。

モテる・受歡迎　　初心者・しょしんしゃ・初學者

上料理教室體驗班用的到的器具

エプロン・圍裙

スリッパ・拖鞋

料理（りょうり）を持（も）ち帰（かえ）るための容器（ようき）・用來把料理帶回家的容器

体験（たいけん）レッスン料（りょう）・體驗班的學費

烹飪教室的內容

◆体験（たいけん）レッスン・體驗班

烹飪教室幾乎都會有體驗班，但是不一定免費，需要費用的話大概500圓左右。確定要開始上課的話、可以選月費和票卷。月費的話一個月上一堂課400圓、6堂課27000～30000圓、12堂課54000～66000圓。另外需要入學費，大概是10000圓。

◆基礎（きそ）クラス・基礎班

如其名，從最基本的料理技術開始學的就是基礎班。內容通常會包括：煮飯、洗米、把飯打鬆，製作便當，日本常見的中華料理、基本的日本家庭料理。

◆パンコース・麵包班

◆ケーキコース・蛋糕班

當然也有依烹飪教室要教的內容來命名的班。麵包跟蛋糕做法類似，有些料理教室還會併在一起教。規模比較大的烹飪教室會把這類專門的班再依水準分類，從基礎到高級，還有專門教只有該季節才有材料來做的「季節限定班」。

小知識

在台灣很普遍的料理道具：電鍋，大家應該都知道是個很方便的東西。不過大家知道其實日本人幾乎都不知道電鍋是什麼嗎？台灣人覺得電鍋可以用來煮、蒸、烤、還有加熱、很方便、在日本怎麼會沒有這麼方便的東西？

但是日本人會回答說：要煮的話用「鍋（なべ）（鍋子）」、要烤的話用「フライパン（平底鍋）」、要蒸的話用「蒸（む）し器（き）（蒸鍋）」、要煮飯是用「炊飯器（すいはんき）（煮飯器）」還要加熱的話用「電子（でんし）レンジ（微波爐）」不就好了嗎？

烹飪時會用的道具

包丁（ほうちょう）・菜刀

まな板（いた）・砧板

フライパン・平底鍋

キッチン用（よう）はさみ・廚房用剪刀

計量（けいりょう）カップ・計量杯

キッチン用計（ようはか）り・料理用磅秤

ボウル・盆子

鍋（なべ）・鍋子

基礎的日本家常料理

◆肉(にく)じゃが・馬鈴薯燉肉

「馬鈴薯燉肉」是在日本非常普遍的家常菜，具代表性，不論男女，要想在家裡掌廚都得學會這一道菜。

材料	牛肉150公克、馬鈴薯2～3顆、洋蔥1顆、紅蘿蔔1根、醬油2又1/2大匙、砂糖1～2大匙、日本酒1大匙

① 把牛肉切成一口大小、洋蔥切成半月型、馬鈴薯和蘿蔔切成塊狀。

② 在鍋子裡倒入沙拉油後加熱、然後把牛肉放進去炒、再加砂糖和醬油、還有日本酒。

③ 放入洋蔥、馬鈴薯、還有紅蘿蔔，轉中火，蓋鍋燉煮大約20分、就完成了。

10 八百屋
蔬果店

10.mp3

日本傳統、規模較小的蔬果店稱為八百屋，通常這種蔬果店賣的商品比超市**便宜**，但近年大規模的超市還有便利商店越蓋越多，**傳統**的蔬果店也隨之變越來越少。

安い・やすい・便宜　　伝統・でんとう・傳統

八百屋・蔬果店

スーパーマーケット・超級市場

コンビニエンスストア・便利商店

蔬果店可以聽見的會話

店主「へい、らっしゃい！」

店長「歡迎光臨！」

お客「今日のお薦めは？」

客人「今天有什麼推薦的？」

店主「今日はじゃがいもがお薦めだよ！採れたてで美味しいよ！」

店長「今天推薦馬鈴薯喔！新鮮又好吃。」

お客「じゃあ今夜は肉じゃがを作ろうかな。じゃがいもを5個買うから、何かおまけしてくれる？」

客人「那我今晚做馬鈴薯燉肉吧。我買5個馬鈴薯，有沒有附贈什麼？」

店主「肉じゃがか、それならにんじん1本つけてあげるよ。」

店長 「馬鈴薯燉肉啊，那我多給你一根紅蘿蔔吧。」
お客 「ありがとう！」
客人 「謝謝！」

小知識

蔬果店的日文「八百屋」的「八百」本來有「很多」的意思。因此蔬果店一開始時叫做「八百物屋（やおものや）」、或者是「八百屋店（やおやみせ）」、後來變成八百屋。
另外一個假說是在江戶時代因為蔬果店賣青菜，所以叫做「青屋（あおや）」、後來發音變成「八百屋（やおや）」。

蔬果店常見的蔬菜

南瓜（かぼちゃ）・南瓜

キャベツ・高麗菜

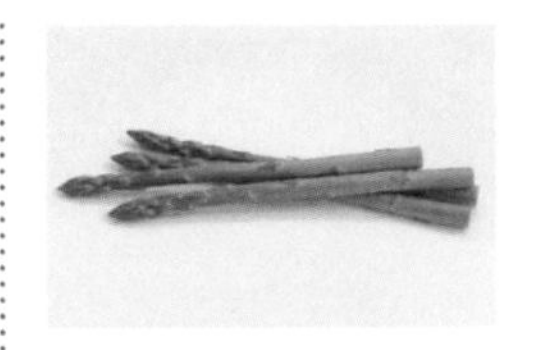

アスパラガス・蘆筍

人参（にんじん）・紅蘿蔔

トマト・番茄

ブロッコリー・花椰菜

大根（だいこん）・白蘿蔔

じゃがいも・馬鈴薯

ピーマン・青椒

11 居酒屋（いざかや）

居酒屋

11.mp3

居酒屋是日本一般大眾聚起來喝酒、社交的地方，店內擺設常會偏和風，也會提供料理和下酒菜，除了喝酒也可以解決一餐。

一般大衆・いっぱんだいしゅ・一般大眾　おつまみ・下酒菜

居酒屋必備的三種酒

不管是在日本哪裡的居酒屋，一般都會準備下列三種酒類。

◆ビール・啤酒

最受日本人歡迎的酒類，甚至有「とりあえずビール（總之先上啤酒）」這種說法，表示到居酒屋先喝啤酒就對了。

◆焼酎（しょうちゅう）・燒酒

一種蒸餾酒。日本最常見的調酒稱為「チューハイ」，就是以燒酒加上香料和碳酸水調製出來。

◆日本酒（にほんしゅ）・日本酒

以米發酵的釀造酒，年輕人會稱之為「ポン酒（しゅ）（PON酒）」，是「日本（にっぽん）」和「酒（しゅ）」合起來的造詞。

居酒屋常見的菜單

居酒屋的菜單千差萬別，但基本都會具備特定的幾種料理。

焼き鳥（やとり）・烤雞肉串

枝豆（えだまめ）・毛豆

さしみ・生魚片

だし巻き卵（ま、たまご）・日式蛋捲

小知識

進入店裡只要有點酒，即使沒有點前菜，店員也會上用小盤或小碗裝的料理，而且這些料理也會算在費用裡面。這道前菜叫做「お通し（とお）」或是「突き出し（つ、だ）」，它的功用在於連結客人點完第一輪菜後，到出菜中間的時間。

12 スーパー
超市

12.mp3

全名為「スーパーマーケット」，但日本人通常只會講「スーパー」，很少有人會講全名。是日常用品和**生鮮食材**的賣場。

生鮮食品・せいせんしょくひん・生鮮食材

超市的各種部門

◆青果（せいか）・蔬果

青菜水果的部門，通常設置於接近入口的地方。

◆鮮魚（せんぎょ）・鮮魚

販售新鮮的魚類與貝類等海鮮。

◆精肉（せいにく）・肉類

販售牛肉、豬肉、雞肉等肉類。

◆グロサリー・雜貨

包含冷凍食品與調味料、餅乾、飲料、日常用品等。

◆寿司（すし）、惣菜（そうざい）・壽司、配菜

販售包裝好的壽司與配菜。

小知識

ネットスーパー・網路超市

如其名為網路上的超市，最近很多大公司都開始了網路服務。在網路上選擇想買的商品，就能宅配到自己家裏。最近連魚類等的生鮮食品也開始在網路上販賣。魅力在於節省了交通時間。

超市看的到的東西

◆買い物カゴ・購物籃

有人會自備購物籃，叫做「マイカゴ」，可以直接把東西連籃子帶回家。

◆ショッピングカート・購物推車

有些推車會有讓小孩坐的地方，沒有這種設計的話最好是不要這樣做。

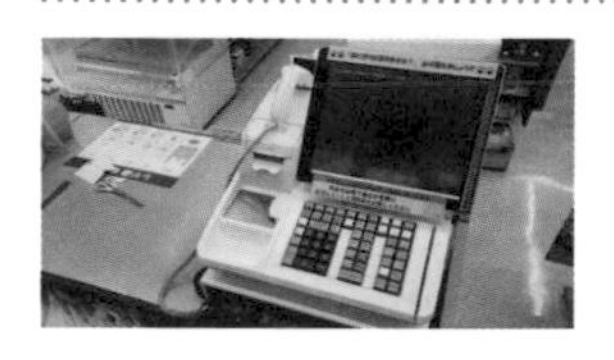

◆レジスター・收銀台

日本人大多只說「レジ」。

◆レジカゴバッグ・購物提袋

顧客自備的袋子。部分店不會幫忙把商品放入提袋。

◆ベーカリー・麵包店

許多超市也會附設麵包區，販賣新鮮甚至是現烤麵包。

13 コンビニ
便利商店

13.mp3

「コンビニ」是「コンビニエンスストア」的**簡稱**，屬於**全年無休**且營業時間長的小規模零售商店，商品種類豐富，主要為食品、日常用品等。

略称・りゃくしょう・簡稱
年中無休・ねんじゅうむきゅう・全年無休

便利商店的飯糰

便利商店賣的食品中最具代表性的就是飯糰了，不同品牌的便利商店也都會有在販賣，口味種類非常的多，並且隨時都在推出新種類。

おにぎり
飯糰

おにぎりの具（ぐ）
飯糰裡面包的食材

梅・うめ・梅子
おかか・柴魚
ツナマヨ・鮪魚美乃滋
納豆・なっとう・納豆
エビマヨ・蝦子美乃滋
昆布・こんぶ・昆布
塩むすび・しおむすび・鹽飯糰
紅鮭・べにざけ・紅鉤吻鮭
赤飯・せきはん・紅豆飯
たらこ・鱈魚卵
チャーハン・炒飯
オムライス・蛋包飯
明太子・めんたいこ・明太子
鶏五目・とりごもく・什錦雞肉飯
鮭・さけ・鮭魚
鮭いくら・さけいくら・鮭魚肉加卵
ほたてめし・帆立貝飯
旨辛ビビンバ・うまからびびんば・辣韓式拌飯
焼豚炒飯・やきぶたちゃーはん・豬肉炒飯

小知識

おにぎり温(あたた)めますか・飯糰要微波嗎？

在台灣便利商店買便當時店員都會問你「要微波嗎？」，而在日本買便當等的商品時店員也同樣會問，但飯糰在日本根據地區不同會有差別。在北海道買飯糰會被問「要微波嗎？」已經算是常識了，甚至還有個節目就叫做「飯糰要微波嗎？」，但是在東京等的地方，如果飯糰要微波則必須自己開口拜託店員。

另外，「○○温めますか」在文法上其實很奇怪，翻成中文的話是「你要（自己）微波嗎？」的意思，要説「要幫你微波嗎？」的話「温めましょうか」會比較適合。但是在日本的便利商店這句話已經變成常用的句子了，所以大部分的日本人也不會覺得奇怪了。

便利商店的咖啡

台灣的便利商店幾乎都有販賣現泡咖啡，但是在日本卻沒有這個習慣。但最近在日本也越來越多便利商店開始販賣現泡咖啡，其中一個原因為速食店推出既便宜又好喝的百圓咖啡後結果大受歡迎。

付款後會從店員那拿到杯子，然後自己拿杯子到收銀台旁邊的自助式咖啡機加咖啡。有些商店還有推出「コーヒーフロート（漂浮咖啡）」，也就是在杯子裡事先加入冰和冰淇淋。

便利商店販賣的食品類

便利商店最主要的商品為各式各樣的食品，除了飯糰外還有非常多種類的冷食和熱食。有很多商品品質良好，甚至被評論比餐廳的還好吃。

弁当(べんとう)・便當

エビ天弁当(てんべんとう)・炸蝦便當

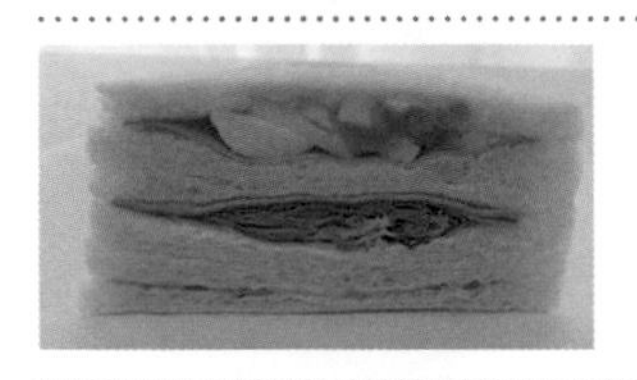

サンドイッチ・パン・三明治、麵包

卵(たまご)サンド・雞蛋三明治

めん・麵類

パスタ・義大利麵

惣菜(そうざい)・配菜

からあげ・日式炸雞

ホットスナック・熱食

肉(にく)まん・肉包

デザート・點心、甜點

チーズケーキ・起司蛋糕

第二章

生活

14 美容院（びよういん）

美容院

14.mp3

愛**打扮**的大家，有沒有對日本的美容院感到過興趣呢？在日本美容院可以叫作「美容院」或是「**美容室**」、「ヘアサロン」。大家知道日本的美容院會幫你作哪些事嗎？

おしゃれ・打扮　美容室・びようしつ・美容院

美容院常見的服務

カラーリング・染髮

カット・剪髮

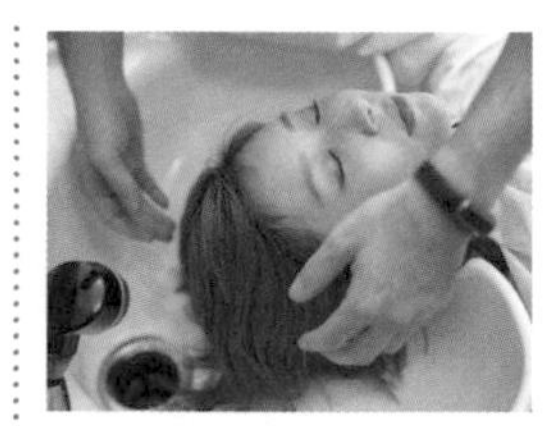

トリートメント・護髮

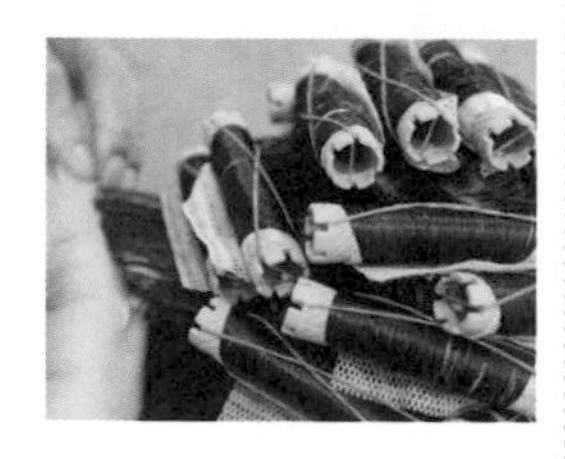

パーマ・燙髮

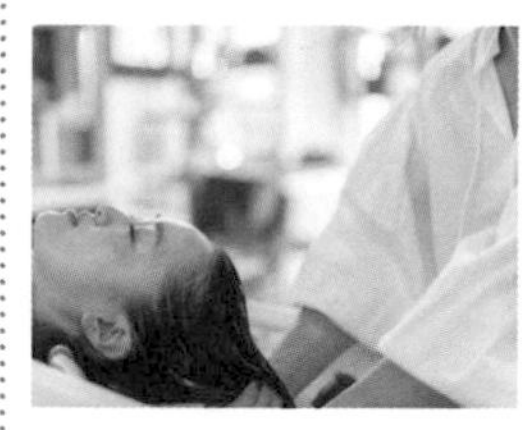

ヘアエステ・美髮

小知識

日本人在台灣第一次去美容院的時候會有些事情被嚇到，其中一個事情就是染髮後會被理髮師建議 2 天不要洗髮！ 2 天不要洗頭髮？！雖然好幾年前在日本染頭髮的時候也有被這樣說過，但是現在在日本的美容院很少這樣說。現代日本的美容院去染頭髮時設計師幾乎都會說當天洗髮沒有關係！

美容院的特色

日本的美容院有的特點是會提供和服的出租和「着付け」。
「着付け」就是穿和服，或是幫人穿和服的意思。穿和服大概需要多久時間呢？其實每種和服需要的時間不一定。

◆浴衣・浴衣

和服的一種，比較簡單，參加夏日祭典或賞煙火的時候會穿。
穿起來大概需半個小時。

◆振袖・振袖

在日本未婚的女孩子穿的和服。是最正式的和服種類，只會在成人式、結婚、畢業等特殊場合穿。
穿起來大概需一個半小時。

◆訪問着・訪問著

不管已婚或未婚都可以穿。參加派對，茶會，等等正式的聚會的時候穿的正式和服。
穿起來大概需45分鐘。

15 床屋（とこや）
理髮店

15.mp3

理髮店依日本**法律**限定於「理髮或刮臉等基本的整理容姿**服務**」，和美容院是不同的東西。「床屋」的名稱由來自江戶時代，當時理髮店被稱作「**髪結い床**」，「**床**」意指簡陋的店家。

法律・ほうりつ・法律　　サービス・服務
髪結い床・かみゆいどこ・綁髮店　　床・とこ・簡陋的店

理髮店會看到的東西

サインポール・三色旋轉燈

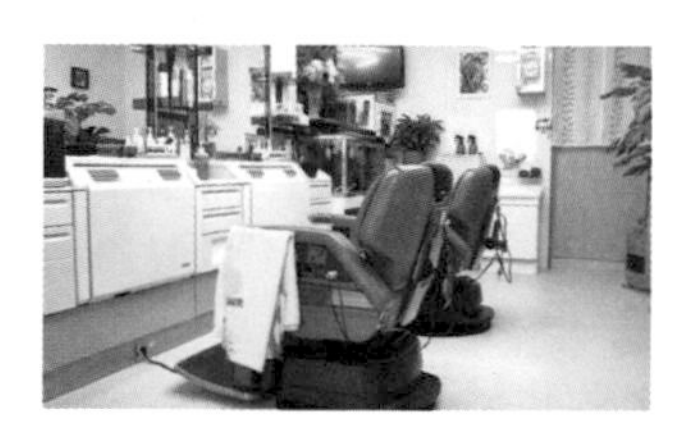

バーバーチェア・理髮椅

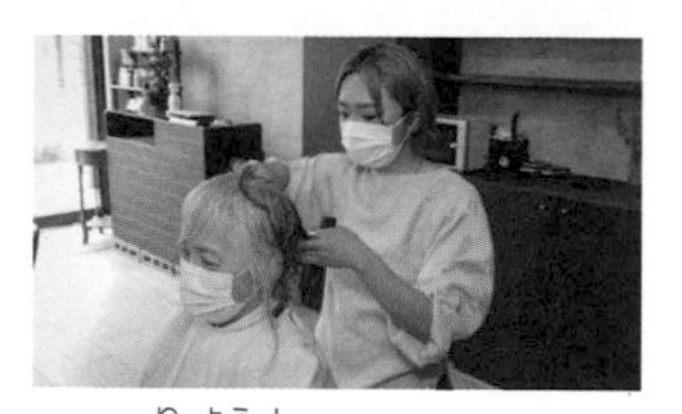

理容師（りようし）・理髮師

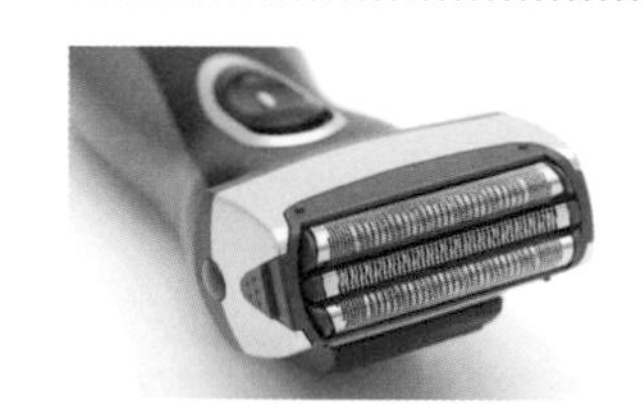

電動（でんどう）カミソリ・電動剪髮器

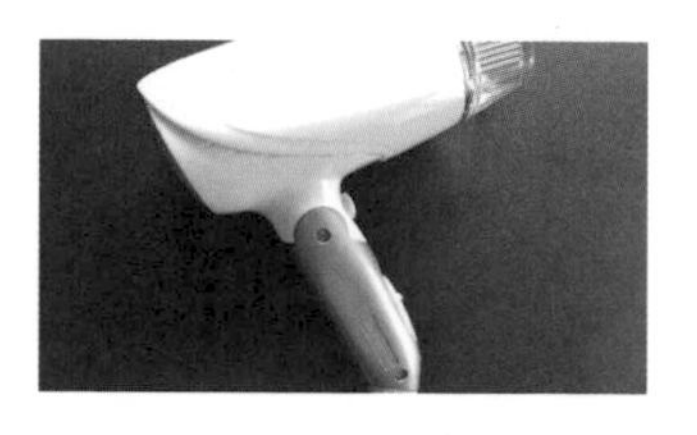

ヘアドライヤー・吹風機

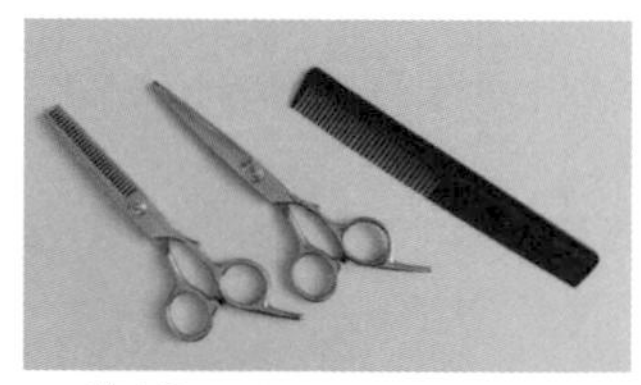

美容（びよう）ハサミ・理髮剪

千圓理髮店

近年標榜10分鐘剪髮的千圓理髮店逐漸增加，特色在於又快又便宜。雖是理髮店，但不提供刮鬍子的服務，女性顧客也不少。在日本有名的千圓理髮店最近也在台灣開了分店。

千圓理髮店為壓低成本與時間所下的工夫：

① 店前設有「現在顧客人數」的顯示燈。若是客人太多時，加上等待的時間，理髮的時間就會超過10分鐘。
② 理髮券販售機只能使用1000圓紙鈔。並且無法換錢。
③ 等待中的顧客可坐在等候區的椅子上等待。
④ 店內撥放FM廣播。
⑤ 無法指定理髮師。
⑥ 行李可放置椅子前的鏡子置物櫃中。
⑦ 原則上不能與理髮師聊天
⑧ 店內沒有放置任何雜誌。但座位前面有台小螢幕，會撥放新聞或氣象預報。
⑨ 剪完後會用吸塵器吸取剪下的頭髮。不提供洗髮服務。
⑩ 不使用任何髮蠟等的髮妝藥劑品。
⑪ 散落在地板上的頭髮會掃入座位底下的箱子裡。

小知識

成為職業理容師必須取得證照。高中畢業後必須到厚生勞動省所指定的職業學校學習兩年以上，並且通過國家檢定才能取得。檢定考會在由「財団法人理容師美容師試験研修センター（ざいだんほうじん りようし びようし しけんけんしゅう）（財團法人理容師美容師檢定研修中心）」舉辦，一年舉辦兩次考試，會在各全國各地設置考試會場。

16 着物（きもの）和服

16.mp3

和服不僅很容易融入日本人的生活和文化，又能襯托出日本人的體型與容貌，很適合四季分明的日本的氣候風土。

» 和服的種類

在漫長的歷史長河中，和服不斷地繼承和發展而被世界譽為「日本的傳統文化」。除了在單元12介紹的3種之外和服還有許多種類和用途，此單元來一併介紹。

◆小紋（こもん）・小紋

小紋圖案的特色，簡單來說就是整套衣服都採用相同的花樣。小紋可用來當平常衣著穿。所以基本上上面並沒有繡製家紋。能於新年參拜、班上聚會、同學會、生日聚會、觀賞舞台劇、練習、購物時所穿著。

◆紬（つむぎ）・紬

紬正確來講是一種布的製法，將織線先染好顏色在開始縫製成和服，而這種和服就稱為紬。可當作平常穿著、觀賞舞台劇、購物、同學會、聚餐時所用。紬的訪問著可用於各大婚喪喜慶。

◆訪問着（ほうもんぎ）・訪問著

訪問著不分已婚未婚，為第二順位的正式和服。將訪問著展開後會形成一幅完整的畫，稱為「繪羽樣式」。

◆振袖（ふりそで）・振袖

振袖為未婚女性最正式的服飾，袖子越長表示等級越高。和訪問著相同，上面的圖案為全部連貫成一體的繪羽樣式。

用途極廣，能當新娘禮服、婚禮第二次進場禮服，並且是未婚女性參與成年禮、謝師宴、春酒、親友婚禮、新年茶會、一般茶會或派對的常見服飾。

◆黒留袖（くろとめそで）・黑留袖

黑留袖為已婚女性最正式的服飾。「留袖」是有已婚女性嫁入夫家、留住於夫家的意思。黑留袖會在五個地方繡上家紋，只有下擺才會繡上圖案。

圖案基本上是以「松竹梅」或「鶴、龜」等吉祥圖案為主。

主要為新郎新娘的母親、媒人、親戚中的已婚者參加婚禮時所穿著。

◆喪服（もふく）・喪服

出席於哀悼場合的正式服飾。一般來說都是用來參與喪禮較多。喪服的花紋都是紋上娘家或夫家的家紋。

至於該繡上哪邊的家紋，是依照每個地區的習慣來決定，最近並沒有這麼硬性規定，基本上哪一邊家紋都可以。喪服可參與喪禮、告別式、守夜等。

◆浴衣（ゆかた）・浴衣

與和服不同，浴衣不須穿著長襦袢(內衣與外衣中間的衣物)，直接穿於身上即可。

現在的日本生活中較常穿著浴衣，主要會於煙火大會、神明誕生日、盆舞節等夏天節日活動上穿著。

◆打掛（うちかけ）・打掛

打掛的主要用途是和式的結婚典禮，較有名的種類有「白無垢（しろむく）（白無垢）」和「色打掛（いろうちかけ）（色打掛）」，白無垢是全白的最高級和服，只能在婚禮使用，而色打掛有鮮豔的顏色和花樣，可以在婚禮和訂婚典禮上使用。

腰帶的綁法

振袖的腰帶的綁法有很多種，在此介紹最具代表的幾個。

◆ふくら雀(すずめ)・太鼓雀

像太鼓一樣膨膨的結，古色古香，適合陪襯女性之美。

◆花結(はなむす)び・花結

從太鼓雀發展而來的綁法，特徵在於左右兩邊冒出來的部分，是強調可愛的綁法。

◆蝶文庫(ちょうぶんこ)・蝶文庫

兩邊有像蝴蝶結一樣垂下來的尾巴，強調女孩子的可愛。

◆立(た)て矢結(やむす)び・立矢結

看起來像是斜的蝴蝶結，具立體感，給人華麗的印象。適合高個子的人。

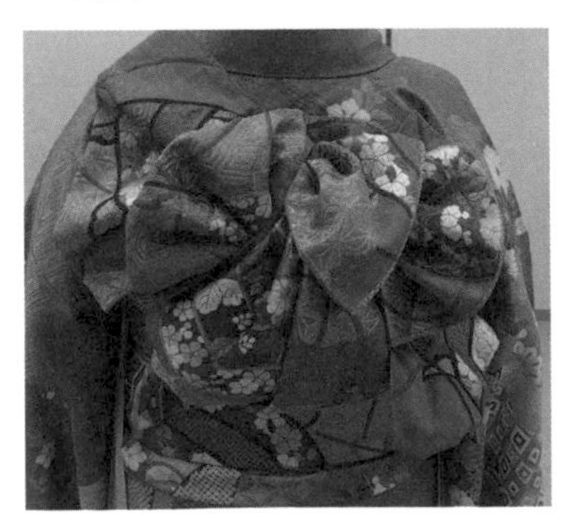

17 アパレルショップ

衣物賣場

17.mp3

日本的衣物賣場最有名的是大家都知道的「**UNIQLO**」，第二是「**思樂夢**」，兩者賣的都是平價的衣物，也因此並列是日本衣物的大眾**品牌**。

ユニクロ・UNIQLO　しまむら・思樂夢　ブランド・品牌

衣物賣場常見的設備

マネキン・假人模特兒

試着室（しちゃくしつ）・試衣間

衣服常見的花樣

チェック・格子

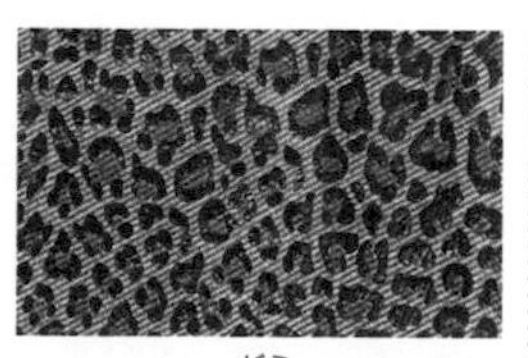

ヒョウ柄（がら）・豹紋

ストライプ・直條紋

ボーダー・橫條紋

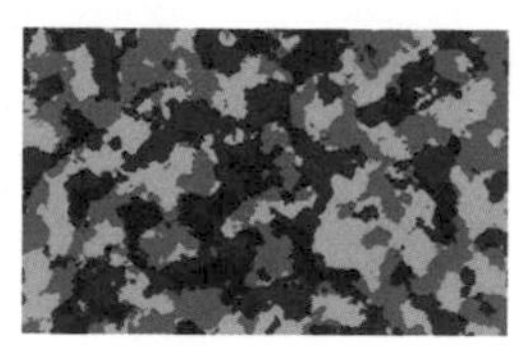

迷彩（めいさい）・迷彩

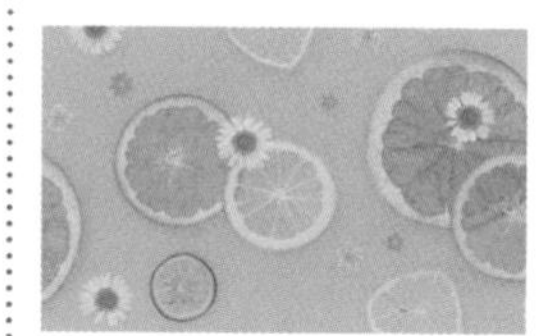

フルーツ柄（がら）・水果圖案

常見的衣物種類

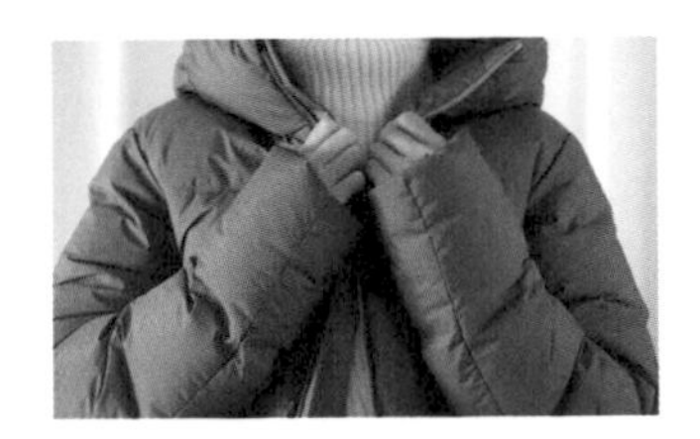

アウター・外套

トップス・上衣

ショートパンツ・短褲

カーディガン・羊毛衫

シャツ・襯衫

ブラウス・短衫

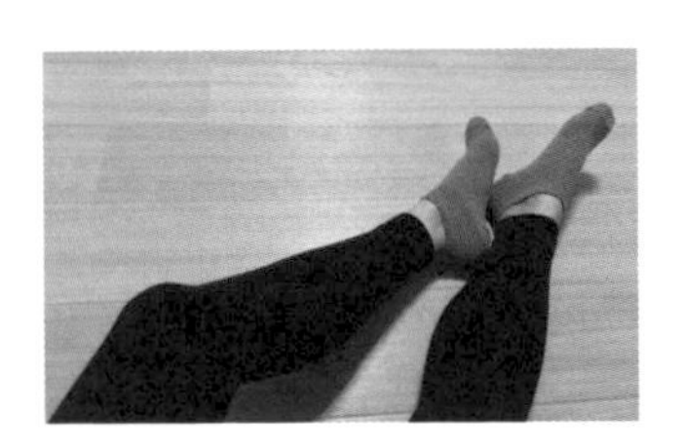

レギンス・緊身褲

ワンピース・洋裝

18 洋風住宅

ようふうじゅうたく

西式住宅

18.mp3

西式住宅的特徵是**天花板**高、**牆壁**和門都大，室內設計也較開放，在哪裡都可以聽到家人的聲音。西式住宅又稱為「**輸入住宅**」，故其名是從**歐美**輸入設計思想的住宅。

天井・てんじょう・天花板　**壁**・かべ・牆壁
輸入住宅・ゆにゅうじゅうたく・輸入住宅
欧米・おうべい・歐美

日本的西式住宅

如上圖，這樣看起來會出現在美劇中的房屋就稱作「洋風住宅（ようふうじゅうたく）（西式住宅）」。在日本，西式住宅比和式的住宅多，但佔最多數的是和洋折衷的現代風住宅。有些日本住宅外表看似西式，家裡面還是可能備有和式的房間，鋪滿榻榻米，門是拉門。

西式住宅特有的構造

◆オープンキッチン・開放式廚房

廚房與客廳或餐廳沒有隔間，為同個空間的廚房。在日本很常見。

◆バルコニー・陽台

由二樓以上延伸出去，沒有屋頂但會附有把手和柵欄的空間。通常會用來曬衣服，或是擺張桌椅，當作曬太陽的空間。

◆吹き抜け・挑高

把2樓以上的地板都拆掉，讓天花板變高，會讓人有空間變大的錯覺，為充滿開放感的設計。

小知識

什麼是「エコハウス（環保房屋）」？

一種把對環境的汙染減少到最低的房屋，根據建地的氣候風土條件，將自然資源發揮到極致，也會考慮廢棄物處理等問題。

19 和風住宅

わふうじゅうたく

19.mp3

和式住宅

純和風的住宅現在在日本比較少見，通常可以在觀光地區看到。一般的住宅最近較流行的是在和式中加入現代、**西式**風格的「現代和風」，又稱「**和摩登**」。

純和風・じゅんわふう・純和風　　洋風・ようふう・西式
和モダン・わもだん・和摩登

和風住宅的外觀

和風住宅特有的構造與外觀

◆瓦屋根（かわらやね）・瓦片屋頂

亞洲各地都能見到的屋頂風格，將瓦片層層疊在斜面的屋頂上。

◆寄棟屋根（よせむねやね）・四坡屋頂

瓦片屋頂的一種，瓦片屋頂有兩個斜面，四坡屋頂則有四個。好處在於較瓦片屋頂牢固，耐風耐雨，但費用較貴，且屋頂會變得比較低，室內的空間會小一點。

◆茅葺屋根（かやぶきやね）・茅草屋頂

在屋頂疊上厚厚的茅草的建築法，由於可燃性高，現在已幾乎沒有人蓋新房子時會選用這種方式。

◆引き戸（ひきど）・拉門

用左右拉開的拉門。常見但並不只見於和風建築。「引き」就是「拉」的意思。西式建築標準的門則稱為「開き戸（あきど）」。

20 電車（でんしゃ）

電車

20.mp3

日本的電車許多由「JR」集團運行，該集團前身為日本的國有鐵路公司，在1987年**民營化**。客運電車的**經營**分為六個公司，負責日本各地的電車。

民営化・みんえいか・民營化　　経営・けいえい・經營

正式名稱	通稱	代表色	事業範圍
北海道旅客鉄道（ほっかいどうりょかくてつどう）	JR北海道	JR 萌黃	北海道
東日本旅客鉄道（ひがしにほんりょかくてつどう）	JR東日本	JR 綠	東北・關東・甲信越地方
東海旅客鉄道（とうかいりょかくてつどう）	JR東海	JR 橙	東海地方
西日本旅客鉄道（にしにほんりょかくてつどう）	JR西日本	JR 青	北陸・近畿・中國地方
四国旅客鉄道（しこくりょかくてつどう）	JR四國	JR 水色	四國
九州旅客鉄道（きゅうしゅうりょかくてつどう）	JR九州	JR 赤	九州

日本各地電車的 IC 付費卡

SUICA・すいか

JR東日本的IC悠遊卡。可搭乘鐵路、公車、購物。因為發音與水果的「スイカ（西瓜）」相同，所以整體的顏色設計為綠色，意味著西瓜的表皮。

KITACA・きたか

北海道旅客鐵道（JR北海道）。

卡片名稱是由「JR北海道」的「北（きた、KITA）」，和「カード（卡片）」的「カ」組合而成。與「来(き)たか（來了啊）」的發音來的。

ICOCA・いこか

西日本旅客鐵道（JR西日本）。

卡片名稱是由「ICオペレーティングカード（IC Operating CArd）」的簡稱與關西方言的「行(い)こか（走吧）」的發音而來的。

TOICA・といか

東海旅客鐵道（JR東海）。

卡片名是由「東海（Toukai）」、「Ic」、「カード（Card）」的第一個字母組合而來的。

SUGOCA・すごか

九州旅客鐵道（JR九州）。

福岡方言的厲害為「凄(すご)か（SUGOKA）」，在廣告裡也常會聽到「スッ!とゴー!でSUGOCA」。

NIMOCA・にもか

西日本鐵道（西鐵）所設計的IC悠遊卡。

卡片名稱為Nice Money Card 的簡稱（Ni的發音又可表示Nishitetsu的Ni）。

21 バス
公車

21.mp3

在**台灣**如果想搭上公車必須先**舉手**，但在日本只要公車站有人在的話，不用舉手車也會停下來。作者我剛來台灣時不知道要舉手公車才會停車，曾因此**錯過**想搭的公車。

台湾・たいわん・台灣　　乗る・のる・搭
手を挙げる・てをあげる・舉手
乗り遅れる・のりおくれる・錯過

公車的種類

公車依其用途大略分為三種，有「租借公車」、「路線公車」專門為某個設施運行的「特定公車」。

◆貸切（かしきり）バス・租借公車

跟公車公司直接租來的公車，例如觀光巴士。

◆路線（ろせん）バス・路線公車

照路線走的公車，一般公車都屬於此類。

◆特定（とくてい）バス・特定公車

專門為某設施運行的公車，例如機場或學校的接送公車。

路線公車與公車站

日本的公車搭法最常見的是從後門上車，到目的地之後付錢，再從前門下車。但依地方不同這個規則可能會不一樣，搭的時候要注意車上的標誌。

小知識：高速巴士

高速巴士屬於路線公車的一種，是使用高速公路開往距離數十到數百公里的其他都市或觀光地的巴士。為了能使乘客於車上休息，座位的設置較為寬闊，而且大部分都有附廁所。如果沒有附廁所，也會在休息站讓乘客下車休息上廁所。

22 自家用車

じかようしゃ

私用車

22.mp3

日本車的方向盤在右邊，是靠左側行駛。2021年12月統計，全日本有約7千8百萬台汽車，平均每個家庭都會有一台，但在**公共交通設施**便利的大都市，明顯的汽車普及率降低很多。

公共交通機関・こうきょうこうつうきかん・公共交通設施

右駕車內部有什麼東西？

サイドミラー
側後視鏡

じーぴーえす
GPS
GPS導航系統

ハンドル
方向盤

じょしゅせき
助手席
副駕駛座

サイドブレーキ
手煞車

うんてんせき
運転席
駕駛座

日本的號碼牌看法

日本的車的號碼牌明顯和台灣的不一樣，最顯眼的是顏色，各種顏色代表車的車種或用途不一。

①
品川 500
ね 12-34

②
品川 500
ね 12-34

③
品川 500
ね 12-34

④
品川 500
ね 12-34

ナンバープレート・車牌

① 黄色（きいろ）ナンバー・黄色車牌
普通的輕型轎車使用這種車牌。

② 白（しろ）ナンバー・白色車牌
普通小客車或中型以上的機車都是使用這種車牌。

③ 黒（くろ）ナンバー・黑色車牌
運輸業的輕型自動車會是這種車牌。

④ 緑（みどり）ナンバー・綠色車牌
運輸業的普通自動車以上，或是載客的車會是這種車牌。

車牌左側的平假名：日本的車牌一定都會加上一個平假名。有「わ」的車牌代表這輛車是出租車，「り」或「れ」是商用車，其他則都是私用車。

23 新幹線

しんかんせん

新幹線

23.mp3

日本最有名的新幹線是「**東海道新幹線**」和「**山陽新幹線**」，從東京行駛到大阪，再從大阪開到九州的博多。行走在這個路線的三種新幹線也是最有名的車輛。

東海道新幹線・とうかいどうしんかんせん・東海道新幹線
山陽新幹線・さんようしんかんせん・山陽新幹線

三種類的新幹線和用途

◆のぞみ・希望號

最快的新幹線，東京～新大阪＝約2個小時30分鐘、東京～博多＝約5個小時10分鐘。東京～新大阪間的列車1個小時最少會有四班車，再加上臨時班車大概會有五到六班車。

◆ひかり・光速號

新橫濱～名古屋之間中途一定會停一站。名古屋或京都之後就變成各站停車。比其他的新幹線稍微貴一點點。

◆こだま・回聲號

各站都停車的新幹線，自然因此會比希望號和光速號慢。

買日本新幹線車票的主要手段

◆みどりの窓口（まどぐち）・綠窗口

綠窗口是日本鐵路公司JR的票務櫃檯的名稱，電車、鐵路、新幹線的車票都可以在這裡買。

◆券売機（けんばいき）・自動售票機

JR的自動售票機按鈕很多，但基本上只要先決定好自己要的車票種類，再依照機器導引即可。可以用現金或信用卡付款。

◆インターネット・網路

當然，在網路上也能夠預約車票。JR東日本的路線的票可以透過「えきねっと」網站預約，還可以在網路上訂好後再到自動售票機領票。

補充單字

- リクライニングシート・躺椅
- 背もたれ・せもたれ・靠背
- フットレスト・腿墊
- ダイニングテーブル・餐桌
- ブランケット・毛毯
- アイマスク・口罩
- 新聞・しんぶん・報紙
- 広報誌・こうほうし・廣告雜誌
- 時刻表・じこくひょう・時間表
- 雑誌・ざっし・雜誌
- アテンダント・服務員

24 クルーズ客船（きゃくせん）
觀光遊輪

24.mp3

觀光遊輪就是提供乘客搭船旅遊的客船。船上當然一定會有客房，除此之外還有**餐廳**、酒吧、健身房、**游泳池**等等設施，也會有服務生與**醫生**、**護士**一同搭乘，讓旅客可以安心舒適地享受旅行。

レストラン・餐廳　　プール・游泳池
医者・いしゃ・醫生　　看護師・かんごし・護士

日本橫濱的觀光郵輪

補充單字

旅客船・りょきゃくせん・客船
バー・酒吧
フィットネスクラブ・健身房
横浜・よこはま・橫濱

遊輪上的一天

０６：３０ 起床，享受船上的清爽早晨！
▼
０７：００ 在運動流汗之後來杯香醇的咖啡小歇一會兒吧！
▼
０７：３０ 早餐可選擇和式或西式。
▼
０９：００ 吃完早餐後可悠閒地喝杯紅茶邊眺望海面。
▼
１０：００ 決定來參加胸花DIY指導教室。
▼
１２：００ 中餐有和式與西式兩種每天都會更換。
▼
１４：００ 今天天氣很好，來甲板參加遊戲吧！
▼
１５：００ 在太陽底下運動之後來杯冷飲休息一下吧！
▼
１８：３０ 今天也是豐盛的全套晚餐。
▼
２０：３０ 晚餐後可盡情享受觀賞娛樂表演。
▼
２２：００ 跳完舞後前往大廳吧。

小知識：郵輪上常見的遊戲

ウノ· UNO，一種紙牌遊戲
ダーツ· 飛鏢
社交ダンス· しゃこうだんす· 國標舞
パットゴルフ· 高爾夫推桿入洞遊戲

25 空港（くうこう）機場

25.mp3

日本最**有名**的機場是「成田機場」和「**羽田機場**」，兩個都是位於日本首都東京的國際機場，到日本**關東地區**觀光時可能會有機會逛逛。

有名・ゆうめい・有名　羽田空港・はねたくうこう・羽田機場
関東地方・かんとうちほう・關東地區

» 日本有名的國際機場

◆成田国際空港（なりたこくさいくうこう）・成田國際機場

東京都千葉縣的機場，是日本最大的國際機場，和羽田機場一起被稱為是「首都圈的天空玄關」。

◆東京国際空港（とうきょうこくさいくうこう）・東京國際機場

俗稱「羽田機場」，位於東京都的大田區，2019年的乘客數是世界第5名。

◆大阪国際空港（おおさかこくさいくうこう）・大阪國際機場

位於關西地區的大阪府的機場，是「關西三大機場」之一，另外兩個是關西國際機場和神戶機場。

日本機場看的到的東西

◆飛行機・飛機

一般遊客搭乘的飛機稱為「旅客機（民航機）」

◆荷物引取り場・行李提領處

下飛機後拿行李的地方。

◆ターンテーブル・行李傳送帶

拿行李的地方通常會有的轉輪。

◆チェックインカウンター・機場櫃台

進機場時先報到的地方。

◆キャビンアテンダント・空服員

◆フライトアテンダント・空服員

兩者一樣都是指空服員，沒有差異。

◆スチュワーデス・女空服員

這個講法只指女性空服員，現在較少用。

小知識：成田離婚・成田離婚

「成田離婚」是指一種剛結婚的伴侶短期內又離婚的現象，「成田」指的便是成田機場。這個俗語源自日本泡沫經濟時代，男女結婚常會到海外新婚旅行，而在旅行之中新婚夫婦相處常常會出現問題，而導致兩人回國後就馬上離婚了，故以成田國際機場來命名這個現象。

26 花屋（はなや）
花店

26.mp3

花店提供各式各樣的花，也有提供包裝花束、花藝、婚商喜慶用的花圈花盤等服務。日本約三成的真花用在冠婚喪祭之時，有些專門舉辦冠婚喪祭的公司還會自己開設花店。

冠婚葬祭・かんこんそうさい・冠婚喪祭

花的各式各樣的用途

◆フラワーアレンジメント・花藝

在籃子或器皿中放入吸水性的海綿，並在海綿上插上真花的作品叫做花藝。
海綿會吸水，花直接插上去就可以了。但兩到三天要到一些水在海綿上提供海綿水分。
因為不需要用到花瓶，所以很適合送給住院的病人或一個人自己住的人。

◆花束（はなたば）・花束

把花集合為一束，切口根部作吸水處理，在包裝起來的東西稱為花束或捧花。
收到花束的人可以拆開包裝，把花放置花瓶內裝飾。兩三天要換一次水，可放入市面上販賣的保鮮劑可防止水腐臭。

◆ブーケ・捧花
◆ウェディングブーケ・婚禮捧花

婚禮上新娘所拿的捧花稱為結婚捧花。
可配合婚禮、喜宴、婚後派對等準備不同的捧花。而捧花的樣式與吸水方式也會有所不同。

花語與誕生花

花語是依據各種花的特徵所聯想、創作出來的象徵意義或暗示語，誕生花依據出生月日來分別各種花。但是**誕生花**的起源、花種的由來等並無一定說法。

花言葉・はなことば・花語　誕生花・たんじょうばな・誕生花

5月2日
スズラン・鈴蘭
「幸福(こうふく)が帰(かえ)る」幸福返來

2月1日
マーガレット・法蘭西菊
「恋(こい)を占(うらな)う」占卜愛情

2月7日
タンポポ・蒲公英
「真心(まごころ)の愛(あい)」真心的愛

3月3日
モモ・桃花
「天下無敵(てんかむてき)」天下無敵

3月28日
ソメイヨシノ・染井吉野櫻
「優(すぐ)れた美人(びじん)」優秀的美人

12月3日
ラベンダー・薰衣草
「あなたを待(ま)ってます」等著你

27 ドラッグストア
藥妝店

27.mp3

日本的藥妝店賣的不只有一般常用的**醫藥品**及健康美容相關的商品，也會有**日常用品**與生鮮食品以外的食品（飲料、消費食品），是「**自助**販賣」方式的**零售**商店。

医薬品・いやくひん・醫藥品
美容品・びようひん・美容用品
日用品・にちようひん・日常用品
セルフサービス・自助
小売・こうり・零售

藥妝店買的到的東西

◆ドリング・飲料

栄養ドリンク・えいようどりんく・營養飲料
美容ドリンク・びようどりんく・美容飲料
酒・さけ・酒

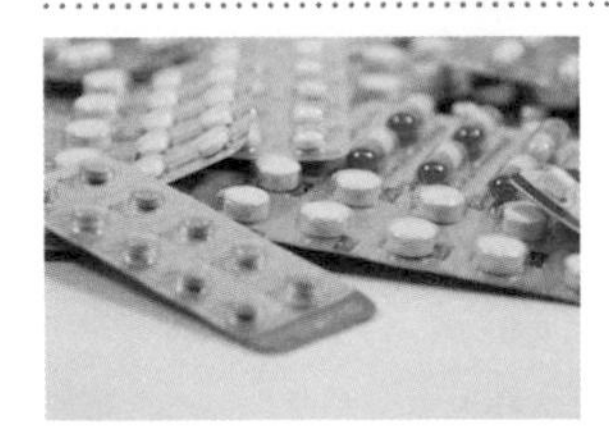

◆薬品（やくひん）・藥類

風邪薬・かぜぐすり・感冒藥
目薬・めぐすり・眼藥水
胃腸薬・いちょうやく・腸胃藥

◆化粧品（けしょうひん）・化妝品

日焼け止め・ひやけどめ・防曬乳
マスカラ・睫毛膏
ファンデーション・粉底液
チーク・腮紅
アイシャドウ・眼影
アイライナー・眼線筆

藥妝店的自助販賣

日本有不少藥妝店採自助販賣方式，特別在近年的新冠肺炎流行影響下更是增加。較大型的藥妝店常會有自助販賣，但小店鋪的要看情況，並且有些使用需要醫師指導的藥品不能用自助式購買。

お支払いセルフレジ
自助付款

商品登録は従業員が行います
商品登記由店員進行

カードの取り忘れにご注意ください
請注意不要忘記拿回卡片

自助販賣分為兩種類型，一種是由客人一個人全部處理的「フルセルフレジ（完全自助結帳）」方式，另一種是由店員刷條碼的「セミセルフレジ（半自助結帳）」，如上圖，店鋪採用何種方式都會在收銀台註明，也一定都會有店員在場。

28 デパート 百貨店

28.mp3

百貨店是由單一企業**招集**並**管理**複數不同的店鋪，將小店鋪集中在一個大型店鋪的小賣店形式。

招致・しょうち・招集　管理・かんり・管理

百貨店各層商店範例

◆一階（いっかい）・一樓

化粧品・けしょうひん・化妝品
アクセサリー・飾品
婦人用品・ふじんようひん・仕女用品
婦人靴・ふじんぐつ・仕女鞋
インフォメーション・服務台

◆二階（にかい）・二樓

ジーンズ・牛仔褲
バッグ・皮包
ヤングカジュアル・青少年休閒服飾

◆三階（さんかい）・三樓

婦人服・ふじんぐつ・仕女服飾・
喫茶店・きっさてん・咖啡廳

◆四階（よんかい）・四樓

婦人肌着・ふじんはだぎ・仕女內衣
フォーマル・仕女套裝
サロン・沙龍

大阪知名的綜合商業大樓「ハルカス」

◆五階（ごかい）・五樓

紳士フォーマル・しんしふぉーまる・男士套裝

スーツ・西裝

ワイシャツ・襯衫

ネクタイ・領帶

靴下・くつした・襪子

紳士靴・しんしくつ・男士鞋

メンズカジュアル・男士休閒服飾

紳士肌着・しんしはだぎ・男士內衣

◆六階（ろっかい）・六樓

和装小物・わそうこもの・和服配件

生活雑貨・せいかつざっか・生活雜貨

調理器・ちょうりき・調理用品

食器・しょっき・廚具

寝具・しんぐ・寢具

家具・かぐ・家具

ギャラリー・畫廊

宝石・ほうせき・珠寶

時計・とけい・時鐘

メガネ・眼鏡

呉服・ごふく・和服

◆七階（ななかい）・七樓

子供服・こどもふく・兒童服

おもちゃ・玩具

書籍・しょせき・書籍

水着・みずぎ・泳衣

ベビー・嬰兒服・

◆八階（はちかい）・八樓

マッサージ・按摩

写真室・しゃしんしつ・照相館

貸し衣装・かしいしょう・租借服飾

レストラン・餐廳

29 本屋（ほんや）書店

現在要是書店沒有自己的**個性**，已經很難吸引大眾**讀者**了。所以現在很多書店都會玩一些花樣，像是將**雜貨**與書本一起擺放於同個架上的書店，與**咖啡店**併設、可悠閒的挑選書籍的書店，將書店**店員推薦**的書擺成一架的書店等等。

個性・こせい・個性　讀者・どくしゃ・讀者
グロサリー・雜貨　カフェ・咖啡店
店員・てんいん・店員　おすすめ・推薦

日本書籍的分類

新書（しんしょ）・新書

新書規格（173×105mm或是接近的大小）。

ノベルス・小説

英文的意思為小說，在日本出版界是指新書規格的小說。

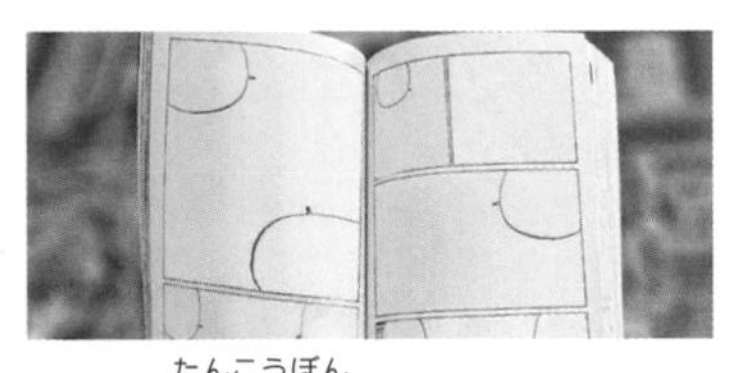

単行本（たんこうぼん）・單行本

已經發表在其他媒體，或者是從未發表的作品集合在一本書籍當中，如漫畫。

文庫（ぶんこ）・文庫本

容易攜帶的書籍，最常見的尺寸為A6。

書店的種類

◆ブックカフェ・書本咖啡廳

合併書店和「カフェ（咖啡店）」，可悠閒的閱讀買來的書籍。

◆古書店（こしょてん）・二手書店

販賣二手書的店，也稱為「古本屋（ふるほんや）」。

◆新古書店（しんこしょてん）・新二手書店

販賣近年出版的二手書的店，較古書店新，大多為漫畫與文庫本等，大量出版且價格較低的書籍。

小知識：本屋大賞（ほんやたいしょう）・書店大獎

於 2004 年設立的「本屋大賞実行委員会（ほんやたいしょうじっこういいんかい）（書店大獎執行委員會）」所營運的一種「文学賞（ぶんがくしょう）（文學獎）」。與一般的文學獎不同，評選者不是作家或文學家，而是「販賣新書的書店（包含網路書店）店員」，而經由他們投票選出「ノミネート作品（さくひん）（後補作品）」或獲獎作品。

30 病院（びょういん）
醫院

30.mp3

日本的**醫療**基本上和台灣類似，只要有投保，就能用**健保卡**來看病，採「**全民健保**」制度。外國人在日本看醫院，若沒有事先投保醫療保險，費用會比較高。

医療・いりょう・傳統　　保険証・ほけんしょう・健保卡
国民皆保険・こくみんかいほけん・全民健保

在日本掛號的基本流程

★第一次看診：

請於「**初次掛號**」的櫃檯辦理手續。初次掛號的患者須準備健保卡、**醫療補助證明**等文件，掛完號後就可領取掛號單，接下來只須前往門診的櫃台即可。

★**複診**：

持有**掛號證**的病患可於自動辦理複診機來辦理掛號。

1. 把掛號證插入自動辦理複診機中。
2. 出現門診列表。
3. 請選擇該前往的門診。
4. 選擇後機器旁的印表機會列印出掛號單，請將掛號單交給該前往的門診。

補充單字

新患受付・しんかんうけつけ・初次掛號
医療受給者証・いりょうじゅきゅうしゃしょう・醫療補助證明
再来受診・さいらいじゅしん・複診
診察券・しんさつけん・掛號證

醫務人員的稱呼

医師（いし）・醫生

看護師（かんごし）・護士

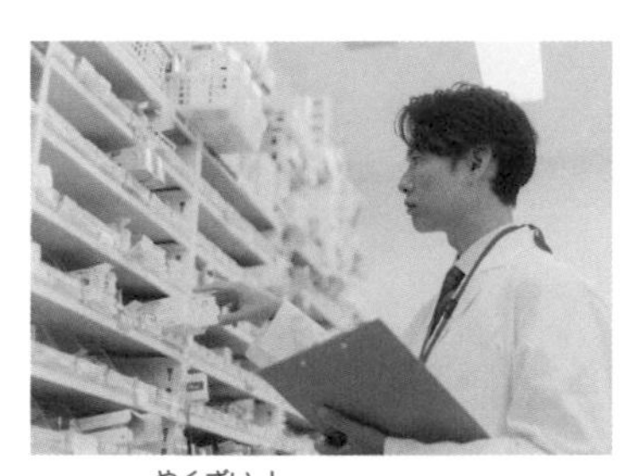

薬剤師（やくざいし）・藥劑師

医療従事者（いりょうじゅうじしゃ）・從事醫療業者

小知識：日本的醫療問題

コンビニ受診（じゅしん）・便利商店門診

指的是輕症的患者由於「平日無法休假」或「白天有事」、「明天要上班」等理由，在夜間或假日時跑到本來只接受重症患者的急救中心看診的現象。

醫院在正常營業時間裡，都會設置充足的工作人員待命，但急救中心是為了少數的重症患者而設置，所以很難對應多數的病患。像這樣在非正常時段來急救中心看診的患者越來越多的情況下，變得越來越難應付原本負責的重症患者，而且也很難應變在入院中病患的突發狀況，並導致醫生無法放假，工作出現問題，太疲勞而離去診斷現場的問題發生。

31 警察署（けいさつしょ）

警察局

31.mp3

日本的警察通稱「お巡（まわ）りさん」，通常到日本**旅遊**不會有很多機會跟警察打交道，頂多**問路**或**接受臨檢**。

旅行・りょこう・旅遊　**道を聞く**・みちをきく・問路
事情聴取・じじょうちょうしゅ・臨檢、盤查

警察的基本裝備

小知識

「警察署（けいさつしょ）（警察局）」指的是該地區警察們的辦公室，裡面有各種階級、不同部屬的警察。另外常見的警察相關設施是「交番（こうばん）（派出所）」，規模較小，裡面駐守的多是當地巡警，沒有刑警或交通警察。

各種警車

◆パトロールカー・巡邏車

通常簡稱「パトカー」，是最常見的警車。

◆覆面（ふくめん）パトカー・便衣警車

外觀與一般轎車一樣，只有在緊急事故發生時或搜查時才會把警鈴拿出來。因為看不出來是警車，所以較容易進行追蹤可疑車輛或人物，較不容易被可疑人物逃走。

◆白（しろ）バイ・白色警用摩托車

警用摩托車中較大型的會塗白，通稱為「白バイ」。要使用這種機車需要受專門訓練，通稱「白パイ隊員（しろぱいたいいん）」。由於外表帥氣顯眼，常擔任各種任務、典禮的領頭車。

◆黒（くろ）バイ・警用摩托車

有兩種意思，一是指派出所巡警使用的一般巡邏用摩托車，不一定是黑色，就算是白的也一樣這樣稱呼。二是指「白バイ」的「便衣」版本，是便衣警車的摩托車版本。

32 せんとう 銭湯
公共澡堂

32.mp3

公共澡堂就是可以付錢來**泡澡**的設施，是日本**公共浴場**的一種，又稱「風呂屋（ふろや）」或「湯屋（ゆや）」。設施本身和溫泉類似，但泡澡的水通常不來自自然的溫泉。

風呂に入る・ふろにはいる・泡澡
公衆浴場・こうしゅうよくじょう・公共浴場

澡堂裡的富士山

許多澡堂在靠浴場的牆壁上都會畫上壁畫，而一般人想到澡堂的壁畫都會聯想到富士山。大正元年（1912年）位於東京神田猿樂町的公共澡堂「キカイ湯（ゆ）」的老闆，邀請畫家「川越廣四郎」在澡堂牆壁上作畫，結果大受好評，之後越來越多澡堂開始仿效，澡堂裡會有富士山畫的印象也就延續至今。

超級澡堂

「スーパー銭湯（せんとう）（超級澡堂）」顧名思義是「超級」的澡堂，除了洗澡之外還有許多娛樂設施。常見的有按摩椅、附設餐廳、理髮店、美容院等。一般的公共澡堂有法定的票價限制，但超級澡堂沒有，設施也比較多，所以通常會比公共澡堂更貴。

澡堂裡的瓶裝牛奶

對許多日本人來說，來澡堂的一大樂趣就是泡完澡後的冷飲！最有人氣的飲料是從數十年前就有的瓶裝牛奶。這種牛奶以透明瓶子裝起，瓶蓋有時會是紙蓋，買了會直接在現場開瓶馬上喝掉。

牛乳（ぎゅうにゅう）・牛奶

コーヒー牛乳（ぎゅうにゅう）・咖啡牛奶

フルーツ牛乳（ぎゅうにゅう）・水果牛奶

澡堂的注意事項

到日本的大眾澡堂泡澡有不少成文的規定和不成文的規定，要注意牆壁上有沒有貼注意事項，但就算沒有明文，有些規則還是要遵守。如下面兩例就是在日本泡湯的基本禮儀。

混浴（こんよく）・男女合湯

帶性別不同的小孩一起入浴，在法律上由當地縣政府決定年齡限制，但還是不太禮貌。

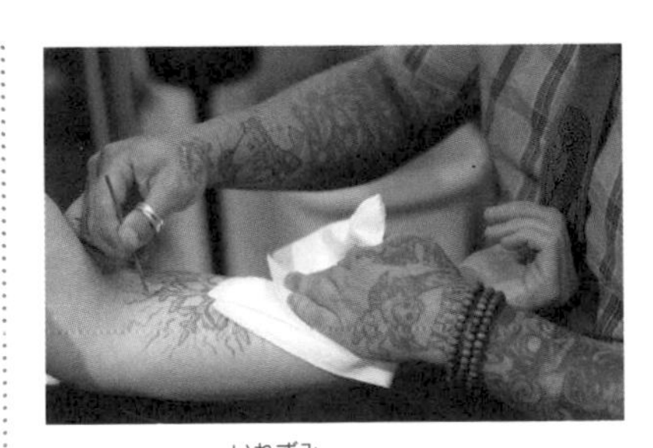

刺青（いれずみ）・刺青

日本一般認為刺青是黑社會流氓的象徵，澡堂或泳池都不歡迎有刺青的人。

第三章

娛樂

33 展覧会

てんらんかい

展覽活動

33.mp3

展示活動是公司行號等聚集於同個會場所舉辦的**商業活動**，主要是給複數公司互相**交流**的活動。好處在於能夠**收集**到新客戶的顧客情報，獲得商談的機會，以及得到其他公司的情報等。而且也可藉由活動提升公司的知名度。

ビジネス・商業活動　交流・こうりゅう・交流
收集・しゅうしゅう・收集

展覽會的種類

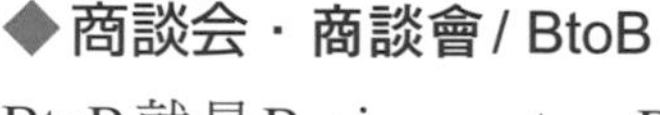

◆商談会（しょうだんかい）・商談會 / BtoB

BtoB就是Business・to・Business的簡稱，公司對公司，目的為企業之間互相交流的展示活動。在展示活動中或活動之後可達到簽約等為目的。

◆パブリックショー・新客戶開拓會 / BtoC

Business・to・Consumer的簡稱，是指企業與一般消費著之間的交流。以一般顧客為對象而舉辦的展示活動，其目的與其說是商談，其實比較像是現賣會。跳蚤市場和書展等也屬於此型。

◆プライベートショー・個人展示會

可說是公司自己所舉辦的宣傳活動。舉辦人主要為大公司，而且通常不對外開放，只接受既有客戶入場。

有名的展覽會

◆東京モーターショー・東京車展

東京車展是介紹汽車相關的最新技術與設計樣式的貿易展覽會。主辦單位為日本汽車工會。簡稱TMS或「東モ」。

來自日本國內外的主要汽車大廠參加的「国際モーターショー（國際車展）」，與法蘭克福車展（德國）、巴黎車展（法國）、日內瓦車展（瑞士）、北美國際車展（美國）並列為世界五大車展。

◆東京ゲームショウ・東京電玩展

由電腦娛樂協會／CESA所主辦，是日本規模最大的電腦娛樂綜合展示活動。簡稱為TGS。

每年2到3月的時候就會決定當年舉辦的活動概要，3到6月的時候開始接受各公司的出展報名，當天攤位的位置等要到7月才決定。活動第一天為業者招待日，只開放電玩相關業者與媒體參與。這個活動關係到年底的商績，是用來宣傳各公司的新商品發表及展覽。1996年開始第一次活動，每年都會有大批人潮來參與，可說是日本電玩界與電玩迷的一大盛事。

34 映画館（えいがかん）
電影院

34.mp3

大家喜歡去看電影嗎？一個人去也行、跟朋友一起也行，是情侶也很適合的娛樂場所呢！

ひとり・一個人　友達・ともだち・朋友
カップル・情侶

2023年的日本電影院票價

「映画の日（えいがのひ）（電影日）」是位於12月1日的紀念日，日本的大多電影院會在這一天推出折扣。有些電影院乾脆就稱每月1日都是電影日，每個月都會有折扣。

	平日		假日		電影日
一般	1,900圓	1,400圓	1,900圓	1,400圓	1,200圓
敬老（70歲以上）	1,200圓	1,200圓	1,200圓	1,200圓	1,200圓
生（大・專）	1,500圓	1,400圓	1,500圓	1,400圓	1,200圓
中・高校生	1,000圓	1,000圓	1,000圓	1,000圓	1,000圓
小學生以下幼兒	1,000圓	1,000圓	1,000圓	1,000圓	1,000圓
身心障礙（學生以上）	1,000圓	1,000圓	1,000圓	1,000圓	1,000圓
身心障礙（高中生以下）	900圓	900圓	900圓	900圓	900圓
夫婦折扣	2,200圓	2,200圓	2,200圓	2,200圓	不適用

電影院的零食

看電影時要帶什麼飲食呢？日本和台灣差不多一樣喔！

◆ポップコーン・爆米花

小：350圓・中：450圓・大：550圓

鹽味，焦糖口味

◆ナチョス・玉米片

小：400圓

大：600圓

醬料2選1，墨西哥薩薩醬／起司

◆ドリンク・冷飲

小：290圓・中：320圓・大：420圓

百事可樂，柳橙汁，檸檬汽水，冰咖啡，冰紅茶，烏龍茶

◆ビール・啤酒

1杯500圓

※並非所有電影院都准許飲酒

小知識

為甚麼到了電影院會想要吃爆米花呢？

英國的南加州大學研究者發表論文關於習慣和吃的關係，實驗結果顯示人一旦習慣在某個地點吃某個食物，後來不管食物好不好吃，到了那個地方一定會想吃那個食物。

實驗在電影院把 2 種爆米花都發給觀眾，1 個爆米花是剛做好的，另一個是擺了 1 個禮拜的，觀眾不知道這些事情。

結果平常在電影院沒有習慣吃爆米花的觀眾幾乎都沒有吃舊爆米花，而說不好吃。但是平常在電影院有習慣吃爆米花的觀眾把 2 種爆米花幾乎都吃完了。

35 公園（こう）

公園

35.mp3

公園是供大眾**遊樂**或**休息**的場所，在日本通常會由當地的**公共團體**負責管理。有些公園會在入口標明該公園准許什麼活動，進入前最好看一看。

遊び・あそび・遊樂　　憩い・いこい・休息
公共団体・こうきょうだんた・公共團體

日本公園常見的設施

滑り台（すべりだい）・滑梯

スプリング遊具（ゆうぐ）・彈簧搖馬

ブランコ・鞦韆

鉄棒（てつぼう）・單槓

ジャングルジム・鐵格子

登り棒（のぼりぼう）・攀爬棒

ターザンロープ・擺盪繩索

シーソー・翹翹板

ボールプール・球池

日本公園的種類

公園大多以設立的由來或用途來分類。

◆国民公園・國民公園

國民公園由政府負責維持清潔與管理，包括「新宿御苑（新宿御苑）」。

◆記念公園・紀念公園

為了紀念某事件所設置的公園，通常都會取名叫「〇〇記念公園」，如「昭和記念公園（昭和記念公園）」。

◆大通り公園・大道公園

在約100公尺寬的道路上設置細長形且大規模的都市公園。例如「札幌大通り公園（札幌大道公園）」。

◆ふれあい公園・交流公園

因應高齡化社會而設置的都市公園的一種，能讓高齡者與小孩子們休憩交流的公園。通常會加設「門球場」等設施。

小知識

札幌的大通公園以「とうきびワゴン（烤玉米屋台）」聞名。在北海道「とうもろこし（玉米）」被稱為「とうきび」，一根烤玉米500圓左右。

36 ネットカフェ
網咖

36.mp3

能自由閱讀**漫畫**或**雜誌**、用**電腦**上網，並且通常能**無限暢飲**飲料的地方。可以再略稱為「ネカフェ」，全名為「インターネットカフェ（網路咖啡廳）」。

漫画・まんが・漫畫　**雜誌**・ざっし・雜誌
パソコン・電腦　**飲み放題**・のみほうだい・無限暢飲

電腦周邊的名稱

モニター・螢幕

マウス・滑鼠

キーボード・鍵盤

イヤフォン・耳機

網咖和漫喫

網路咖啡店與「**漫畫咖啡廳**」（簡稱**漫喫**）的不同在於，在漫畫咖啡店裡消費用餐可在一定的時間內待在店裡，**自由閱讀**店內的漫畫書，但若超過一定時間得再加收延長費用。

在只有提供漫畫書的漫畫咖啡店出現之後，緊接著就逐漸出現附有電腦網路的漫畫咖啡店。現今很少漫畫咖啡店會沒有附設電腦和網路，因此已無法區別漫畫咖啡店與網路咖啡店的不同。

補充單字

漫画喫茶・まんがきっさ・漫畫咖啡廳
漫喫・まんきつ・漫畫咖啡廳的簡稱
読み放題・よみほうだい・自由閱讀

小知識

長期定居於網咖的所謂「ネットカフェ難民（なんみん）（網咖難民）」或逃家的青少年造成許多問題的發生。

另外因為網咖客人不分男女老少，容易使有心人士惡意入侵電腦或進行網路詐騙等犯罪行為。為了對抗網路犯罪或順手牽羊的人，越來越多的店在入店時限定需由本人來申請會員，自保店家安全。

37 バー
酒吧

37.mp3

在**氣氛**美燈光佳的酒吧裡，喝著**調酒**聽著**音樂**真是一大享受。也是跟情侶、朋友開**酒會**的好地方，最近也增加了不少會一個人去酒吧的女性。

雰囲気・ふんいき・氣氛	カクテル・調酒、雞尾酒
音楽・おんがく・音樂	飲み会・のみかい・酒會

調酒的道具

メジャーカップ
量杯

カクテルシェーカー
搖酒器

ストレーナー
隔冰匙

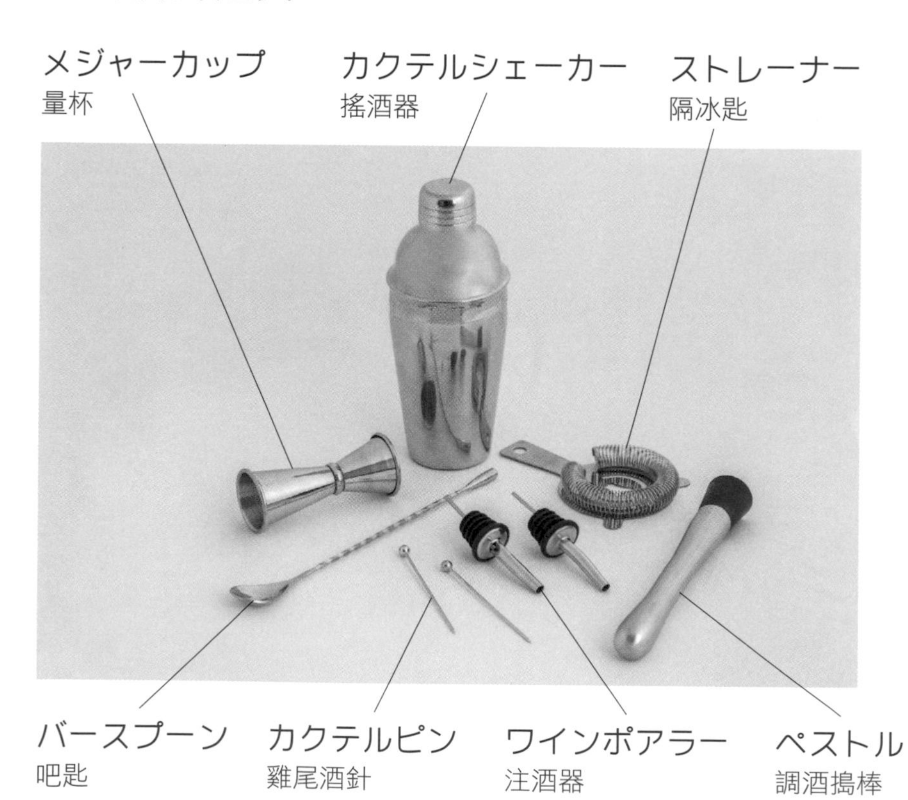

バースプーン
吧匙

カクテルピン
雞尾酒針

ワインポアラー
注酒器

ペストル
調酒搗棒

小知識

「フレアバーテンディング（花式調酒）」是一種使用酒瓶、搖酒器或酒杯，一邊調酒，一邊表演雜技的技術。擁有花式調酒知識與技巧的調酒師稱為「フレアバーテンダー（花式調酒師）」。

各式各樣的調酒

到酒吧最大的享受就是喝在外面買不到的各式調酒了。調酒又稱雞尾酒，是由專業的**調酒師**混合各種不同的飲料或是香料、調味料做出來的混合飲料，也有**不含酒精**的調酒。

バーテンダー・調酒師　　ノンアルコール・不含酒精

チャイナブルー・中國青花

サングリア・桑格利亞酒

テキーラサンライズ・龍舌蘭日出

マルガリータ・馬格麗特

モヒート・莫希多

マティーニ・馬丁尼

38 カラオケ
卡拉 OK

38.mp3

日本卡拉OK基本上沒有像台灣一樣的**吃到飽**自助餐，而且房間內也沒有設置**廁所**。有美食，設備又完善的台灣卡拉OK店對日本人來說非常新鮮。

食べ放題・たべほうだい・吃到飽　　トイレ・廁所

卡拉 OK 的基本用語

マイク・麥克風

現在的麥克風都會經常消毒。一個房間最少會有兩支麥克風。

歌本（うたほん）・歌本

記載歌曲號碼、歌詞的書。現在已經幾乎看不到了，被無線遙控器取代。

リモコン・無線遙控器

觸控式的小螢幕，用來選歌或看歌詞。依卡拉OK設備的廠牌又稱「デンモク」或「キョクナビ」。

カラオケボックス・卡拉 OK 房

隔音的小房間。可以在裡面用遙控器或電話點飲料或小吃，過一會後店員會送過來。

各種卡拉 OK 用語

◆ヒトカラ・一人卡拉OK

這是一個人去唱卡拉OK的簡稱。以前大家印象中的卡拉OK就是要大家一起去才熱鬧，所以一個人自己去的話會感到有點丟臉，但現在因為「想練習唱歌」或是「想瘋狂點唱特別的歌曲」等理由，越來越多人會自己去唱卡拉OK。甚至有些店還推出一人卡拉OK的特別收費方式。

◆デュエット・雙人曲

一首歌兩個人一起唱，或是負責唱不同部分。

◆昭和歌謡（しょうわかよう）・昭和歌曲

昭和時代，令人懷念的歌謠曲的總稱。一些時間久遠的大眾歌謠，讓人聽了會回想起當年。

◆アニソン・動畫歌曲

「アニメソング（動畫歌曲）」的簡稱。並不只限動畫的歌曲，遊戲的主題曲也分在此類。

小知識

在日本去唱卡拉 OK 時，大家會照順時鐘或逆時鐘方向，一人點一首歌的方式唱下去。別人在唱歌時請不要玩手機，跟著曲子打拍子或搖鈴鼓，好好的聆聽歌曲吧！台灣人去卡拉 OK 時，沒有特定的順序，想唱的時候就唱，想點的時候就點，別人在唱歌時也毫不忌諱的聊天、睡覺，非常地自由。但在日本千萬不要這麼做，會被人家討厭喔！

39 テーマパーク
主題樂園

39.mp3

在日本聽到主題樂園，就會想到千葉的迪士尼樂園，但當然日本還有各式各樣的遊樂園在。大多遊樂園都會有特定的主題，像是水上、外國風、或是凱蒂貓或吉卜力等等。

千葉・ちば・千葉縣　　ディズニーランド・迪士尼樂園
キティ・凱蒂貓　　ジブリ・吉卜力

遊樂園常見的設施

ローラーコースター・
雲霄飛車

お化け屋敷（ば／やしき）・鬼屋

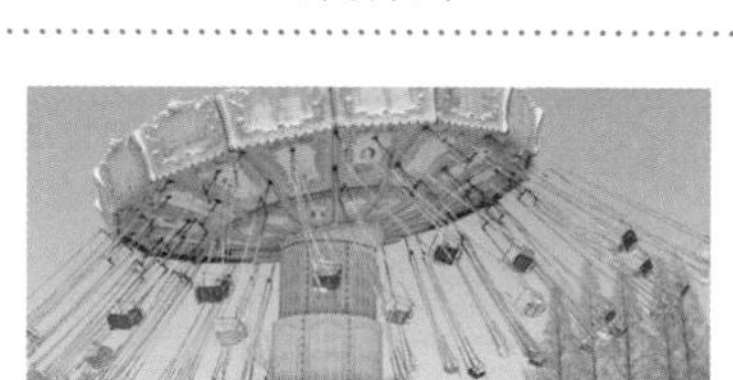

回転（かいてん）ブランコ・天女散花

観覧車（かんらんしゃ）・摩天輪

メリーゴーラウンド・
旋轉木馬

コーヒーカップ・咖啡杯

各種主題樂園

◆温泉(おんせん)テーマパーク・溫泉主題遊樂園

除了各式各樣的溫泉泳池之外，還會有各式各樣讓人放鬆的表演、設施，當然也會設有餐廳。

◆水上(すいじょ)テーマパーク・水上主題遊樂園

或稱「ウォーターパーク」，玩水的好地方，會有像是水上滑梯一類的設施。

◆動植物園(どうしょくぶつえん)・動植物園

有些動物園或植物園會併設遊樂園，例如名古屋的「東山動植物園(ひがしやまどうしょくぶつえん)（東山動植物園）」。

小知識

每個主題樂園的收費方式都不太相同。也有只需付入場費就可入園，想搭遊樂設施時則可以在售票口購買搭乘票，在搭乘遊樂設施時繳交搭乘票即可乘坐的主題樂園。也有地方推出入場費 + 全天票 + 中餐的優惠組合。

40 おんせん 温泉

温泉

40.mp3

日本有超過3千多個溫泉設施，是**觀光**的一大**景點**。一般要去泡湯的人會拜訪的設施是**溫泉旅館**，除了溫泉也供住宿和餐點。

觀光・かんこう・觀光　　スポット・景點
温泉旅館・おんせんりょかん・溫泉旅館

泡溫泉常見的設施

◆露天風呂（ろてんぶろ）・露天溫泉

室外的溫泉都稱為露天溫泉，不過有些地方有天花板、三面都有牆壁、只有一邊開放但仍會自稱是露天溫泉。

◆水風呂（みずぶろ）・冷水池

天氣熱的時候泡的冷水池，通常是配合三溫暖使用。

◆ジャグジーバス・按摩浴缸

又稱「ジェットバス」，噴出水流按摩入浴者的身體。

◆サウナ・三溫暖

又稱蒸氣浴，近年在日本非常流行，會一下泡冷水池，一下進三溫暖室，重複數遍。

溫泉浴場的設備和使用上的禮儀

將脫下的衣服放置籃子裡。在脫下的衣服上蓋上摺好的毛巾，讓大家看不到自己的私人物品，也是一種溫泉禮儀喔！

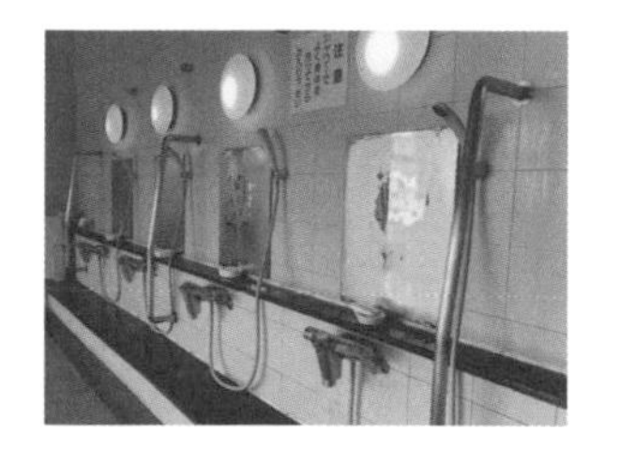

記得要先在洗澡區將身體洗乾淨後才能進入浴池裡，千萬不要直接下去泡。
每間溫泉設備都不相同，有的會附洗髮乳或潤髮乳、沐浴乳，有的地方沒有。
要坐上沖澡椅以前先在上面鋪上毛巾吧！

洗乾淨身體後就可來享受泡澡。我們常在介紹溫泉的節目上，看到女性播報員會圍上毛巾直接下去泡湯，但是這只是為了上電視而圍，實際上是不該這樣做的。為了衛生清潔，記得不要圍著毛巾就下去泡湯喔！

小知識

在冬天泡湯，即使身體是溫暖的，頭因為會接觸到冷空氣而會有發生血管收縮的危險，所以可以用熱的濕毛巾放在頭上保持頭的溫暖。

41 将棋（しょうぎ）
將棋

41.mp3

將棋是由兩個人使用棋盤與40枚棋子所進行的遊戲。先攻與後攻交錯進行，先把對手逼到窘境的人獲勝。雙方的棋子除了王將、玉將之外相同，以棋子擺的方向決定敵我。

盤・バン・棋盤　　駒・こま・棋子
先手・せんて・先攻　　後手・ごて・後攻

將棋的基本棋子

◆銀将（ぎんしょう）・銀將

可以往斜向和上方移動一格的棋子。

◆桂馬（けいま）・桂馬

可以往上方移動兩格，再往左或右移動一格。有點類似象棋的「馬」，但只能往前走，而且不會被「絆馬腳」。

◆香車（きょうしゃ）・香車

可以往上方自由移動的棋。

◆歩兵（ほへい）・歩兵

可以往前移動一格的棋。

小知識：千日手（せんにちて）・千日手

千日手指的是在同一場棋賽中，多次重複出現完全相同的局面的狀況。正式的棋賽中重複出現四次就會被稱為是千日手，而直接流局。

◆王将（おうしょう）・王將

◆玉将（ぎょくしょう）・玉將

被吃掉就輸了的棋。基於天下不容二王的道理，先攻用玉將，後攻用王將。

◆飛車（ひしゃ）・飛車

可以左右上下自由移動的棋。

◆角行（かくぎょう）・角行

可以斜向自由移動的棋。

◆金将（きんしょう）・金將

可以往左右上下和左上、右下移動一格的棋子。

42 大河ドラマ（たいが）
大河劇

42.mp3

日本的實質國營電視台NHK製作的戲劇，主要把日本史上的人物或故事當成題材，通常會從每年的一月放映到十二月。內容並非完全按照史實，有些大河劇的主角還會是架空的人物。

日本史・にほんし・日本史　　人物・じんぶつ・人物
架空・かくう・架空、虛構

大河劇的傾向

最近大河劇裡主角出生的地方或是劇裡相關場景，都會與當地配合，並帶起「町（まち）おこし（振興地區）」或「観光誘致（かんこうゆうち）（促進觀光）」。而在當地也會立起寫有「大河（たいが）ドラマの町（まち）（大河劇的城市）」的看板。

日本靜岡縣的德川家康像，2023年的大河劇由他當主角。

大河劇中通常不會描寫太多關於主角們的陰暗面，並常常會將主角美化或描寫成符合現代價值觀的人物，所以也長有人批評大河劇內容與實際歷史脫節太多。NHK曾明言「大河劇並不是紀錄片而是電視劇，所以一些戲劇的表現是必要的」。

小知識

大河劇的「大河」取自於「大河小説」，源自法國小説家對自己作品的自稱，以個人的生涯或團體（如家族）的歷史為主體，描寫社會與時代的變化。

大河劇常見的題材

みなもとのよりともぞう
源頼朝像
源賴朝像

◆平安時代（へいあんじだい）・平安時代

日本的平安時代從西元794~1185年，最常出現在大河劇的是末期的源氏和平氏爭權的戰亂時期。

さなだゆきむらぞう
真田幸村像
真田幸村像

◆戦国時代（せんごくじだい）—江戸時代（えどじだい）・戰國時代～江戶時代

戰國時代是西元1467~1615年，有名的戰國武將就屬於這個時代。許多大河劇會從戰國時代一直描寫到之後的江戶時代。

さかもとりょうまぞう
坂本竜馬像
坂本龍馬像

◆幕末（ばくまつ）・幕末

幕末是1853年到1868年的短暫紛亂時期，也是幕府統治時代的結尾。坂本龍馬非常有名，大河劇曾二度以他為主角拍攝，不過近來歷史檢驗顯示他好像其實並沒那麼重要。

43 サッカー
足球

43.mp3

在日本，足球和棒球比起來人氣並不高，不過在**國際賽事**開始時還是會**流行**一段時間。日本隊的**隊服**顏色為藍色，自稱是「サムライブルー（藍武士）」。

国際試合・こくさいしあい・國際賽事
流行・りゅうこう・流行　　ユニフォーム・隊服

足球的球員分類

足球球員的「ポジション（位置）」分為四種，但除了一位守門員，每個位置的人數可以自由調整，有些時候前鋒只會有一位。

フォワード・前鋒（FW）
最接近對手球門，負責進攻搶分。

ミッドフィールダー・中場（MF）
主要待在FW和DF之間，視情況進攻或守備。

ディフェンダー・後衛（DF）
負責防守且阻止對手進攻。

ゴールキーパー・守球員（GK）
負責將對手的射門擋下來。

小知識：ドーハの悲劇（ひげき）・杜哈悲劇

1993 年 10 月 28 日於卡達的首都杜哈，日本代表隊出戰伊拉克代表隊的足球國際比賽（1994 年美國世界盃亞洲區最終預賽的日本代表最終戰）中，在比賽快結束前伊拉克代表隊射球得分，與日本打成平手，讓日本無法初登場於 FIFA 世界盃，被判定預賽敗選，為日本球迷都無法忘懷的哀痛歷史。

足球用語例

◆イエローカード・黃卡

主審於比賽中作為警告所出示的牌子。提醒選手的行為是被判定「危険行為（危險行為）」。

◆レッドカード・紅牌

一場比賽中如果被判兩張黃牌，又被判時，此名選手就必須「退場（退場）」。

◆オウンゴール・烏龍球

不小心把球射進對方球門裡，在日本也稱為「自殺点（自殺點）」。

◆オフサイド・越位

在對方球場時，接受傳球的球員後面，必須要有兩位對方球員才行的規則。

◆キックオフ・開球

比賽開始或再次開始時，在球場中間進行踢球的意思。

◆コーナーキック・角球

當球最後被防守隊員碰觸，整個越過球門線並滾到場外時，比賽再次開始的方法。

◆ゴールキック・球門球

當球最後被進攻方隊員碰觸，整個越過球門線，但並未進球時比賽再次開始的方法。

棒球是日本最多人觀看的運動，人氣主要集中在觀賞**日本職棒**賽事，**競技人口**反而比足球還少一些。

プロ野球・ぷろやきゅう・日本職棒
競技人口・きょうぎじんこう・競技人口

棒球的守備位置

棒球球員的守備「ポジション（位置）」分為九種，加上位於本壘的打者和審判，場上總共會有十一人。

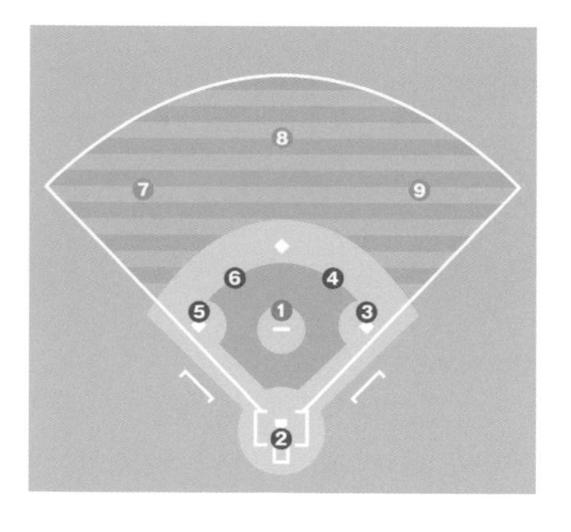

① ピッチャー・投手
② キャッチャー・捕手
③ ファースト・一壘手
④ セカンド・二壘手
⑤ サード・三壘手
⑥ ショート・遊擊手
⑦ レフト・左外野手
⑧ センター・中外野手
⑨ ライト・右外野手

小知識：二遊間（にゆうかん）・二遊間

二壘手和遊擊手之間的空間稱為二遊間，常常也用來指二壘手和遊擊手。打者打出去的球常常會往這範圍飛，因此被認為是守備最重要的地區。

棒球的道具

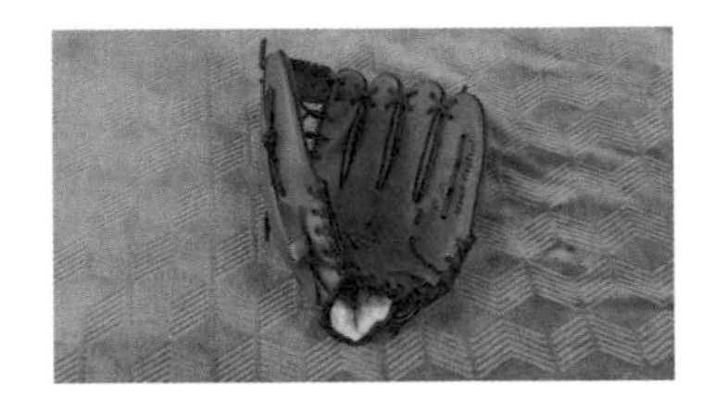

グローブ・棒球手套

バット・球棒

スパイク・釘鞋

ランニングシューズ・慢跑鞋

ユニフォーム・球衣

手袋（てぶくろ）・手套

ヘルメット・安全帽

ボール・球

45 バレーボール
排球

45.mp3

排球在日本受數十年前的**戲劇**與**動畫**作品影響，較受女性青睞，競技人口中**女性**有將近**男性**的兩倍。

ドラマ・戲劇	アニメ・動畫
女性・じょせい・女性	男性・だんせい・男性

排球球員的位置

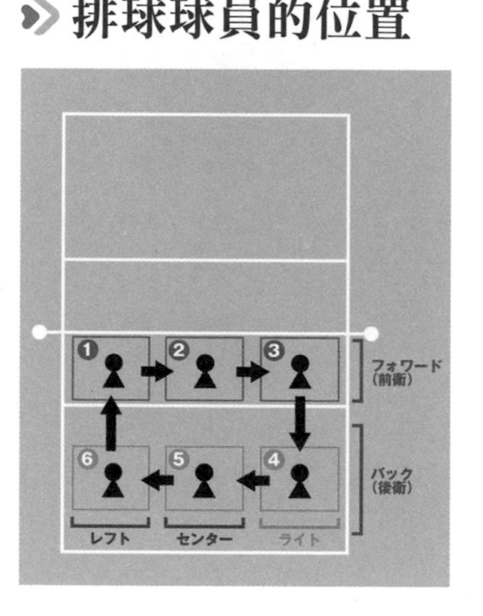

排球球員的「ポジション（位置）」通常分為六種，一種一個人，比賽中可自由變換陣形。兩個隊伍，場上總共會有十二名球員。

① フロントレフト・前排左
② フロントセンター・前排中間
③ フロントライト・前排右
④ バックライト・後排右
⑤ バックセンター・後排中間
⑥ バックライト・後排右

小知識：リベロプレーヤー・自由球員

自由球員是是專職防守的特殊位置，受許多限制，無法負責攻擊搶分。自由球員身穿和其他隊員不同顏色的隊服，只要是和後衛的選手，不管替換幾次位置都可以，沒有裁判的許可也可以交換。

排球的基本動作

レシーブ／アンダーハンドパス・
接球／低手傳球
兩手伸直，一隻手握著另一隻手，球大概會碰到手腕部分彈起的接球法。

トス／オーバーハンドパス・
托球／上手傳球
在額頭上方，用兩隻手像是要接住球一樣的把球彈出去。

アタック／スパイク・攻擊／扣球
跳起來打擊經過托球彈高的球，向對方陣地攻擊。

サーブ／サービス・發球
在比賽開始時，站在發球區將球打入對方球場。

46 剣道（けんどう） 劍道

46.mp3

劍道是從日本武術中的**劍術**所衍生的武道，非常重視**禮儀**。在比賽中如果對於對手或評審有任何**不禮貌**的行為，則馬上取消獲勝資格或判決**犯規**。

剣術・けんじゅつ・劍術　　**礼儀**・れいぎ・禮儀
非礼・ひれい・不禮貌　　**反則**・はんそく・犯規

小知識

會因失禮而受到處罰的行為，最有名的是在得勝時做出「ガッツポーズ（勝利姿勢）」，會被直接取消勝利。進出劍道場的時候也必須行禮，另外再升段審查之類的劍道活動中，穿著也是很被受重視的。

劍道的裝備

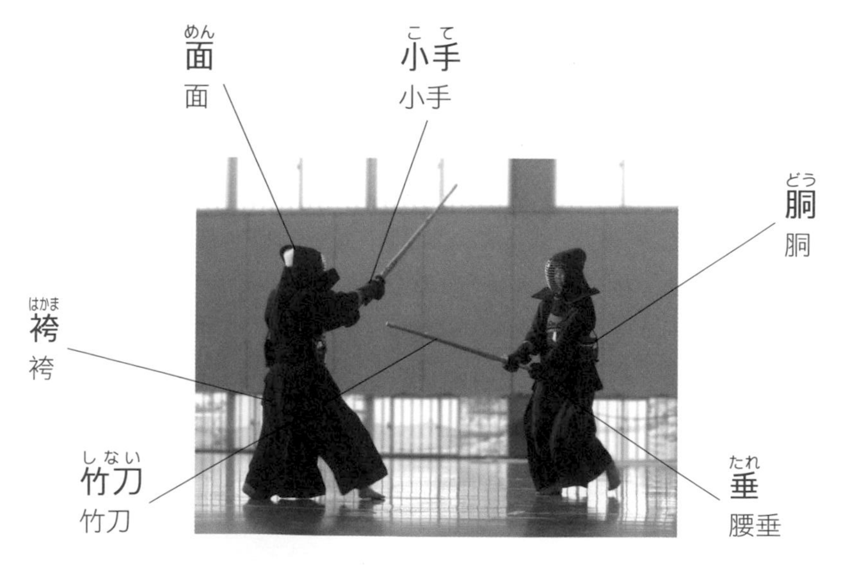

劍道的基本規則

選手穿著劍道服並配戴防具，使用竹刀「**有效打擊**」對手的頭盔、手套、護心、腰垂任何一項，即可以算取得**一分**。比賽時間為五分鐘，在時間內先**取得兩分**的人獲勝。如果比賽時間結束後，則以先取得一分的人獲勝，如在時間內無法決定則會延長比賽。

補充單字

有効打突・ゆうこうだとつ・有效打擊
一本・いっぽん・一分
二本先取・にほんさきとり・先取得兩分

何謂「有效打擊」

「有效打擊」不只是只要打到對方就可以，必須要滿足以下條件：

① 要有足夠的氣勢
出聲非常重要。很多人都認為打到哪裡就要喊哪裡的名稱，但其實只要不是不禮貌的話，也可以自由的出聲。

② 需有「殘心」
殘心就是給對方一 之後，自己本身不能掉以輕心的意思。在劍道比試中得隨時隨地都能夠防守的姿勢。

③ 姿勢要正確

④ 正確使用刃筋
竹刀上有毛線的地方稱為「弦」，弦的反面就是刀筋。「正確使用刃筋」指的就是要用正確的那一面打擊對手。

47 きゅうどう 弓道

弓道

47.mp3

日本弓道注重**禮儀**，主張重視**集中精神**，是具備精神修養要素的武術。在弓道的學習上，不只是射箭技巧，身體**姿勢**及基本動作都是非常重要的。

精神統一・せいしんとういつ・集中精神
礼儀・れいぎ・禮儀　　**姿勢**・しせい・姿勢

弓道的裝備

① 弓（ゆみ）・弓
全長超過兩公尺的和弓。

② 弓懸（ゆがけ）・弓道護手
鹿皮製的護手。

③ 弓道着（きゅうどうぎ）・弓道衣
白色的和服上衣。

④ 胸当て（むねあて）・護胸
女性專用的護胸。

⑤ 矢（や）・箭
有多種長度，依使用者下巴到向前伸直的手的指尖的距離決定。

⑥ 袴（はかま）・袴
可選黑色或深紫色。

射法八節（しゃほうはっせつ）・射法八節

由「全日本弓道連盟」官方定論，「射箭」的基本動作總共可以分出八個程序(節)，透過這八個清晰明確的射術分節，使弓道的傳授、說明及指導工作方面都變得更有效率。「射法八節」的具體內容如下：

① 足踏み（あしぶ）・踏足

在「射位」（持弓待射時所站立的位置）上面向標靶時，兩腳踏開的動作。

② 胴造り（どうづく）・構身

做妥步履基礎後，所作出的穩定上半身的動作。

③ 弓構え（ゆがま）・上箭

把箭搭在弓上的準備動作。

④ 打起し（うちおこ）・舉起

箭上弦後，以兩隻手分別把搭好位置的弓與箭高舉過頭的動作。

⑤ 引分け（ひきわ）・拉開

承接上一個動作，一手托弓一手拉弦（連著箭末的羽毛），左右張開雙手，並把弓箭拉到自己的視線水平的動作。

⑥ 会（かい）・集中

完成「拉開」的動作後，開始將箭瞄準標靶的狀態。

⑦ 離れ（はな）・分離

鬆開持箭的右手，把箭射出。

⑧ 残心（ざんしん）・殘心

把箭放出後身體所保持的姿勢。

48 すもう 相撲

相撲

48.mp3

相撲是日本**傳統**的體術，由兩名**力士**裸露上身，互相角力，由**神道**的神事發展而成。作為專業競技項目，則稱為**大相撲**。相撲是日本的國技和國際性的武術、格鬥和體育運動。

伝統・でんとう・傳統	力士・りきし・力士
神道・しんとう・神道	大相撲・おおずもう・大相撲

相撲的基本規則

相撲選手稱為「力士」，比賽由兩位力士站在稱為「土俵（土俵）」的場地上進行，勝負由三種方式決定：

① 跌出土俵

② 腳底以外觸地

③ 犯規

相撲犯規的行為包括：握拳毆打、抓頭髮、攻擊要害、拉兩耳、抓相撲帶直的部分、抓脖子、踢對方的胸部或腹部、坳對方的手指。一旦做了以上八種犯規行為，會馬上被判定出局。

小知識

一般來說要成為相撲新弟子的基本條件是完成義務教育的健康男子、身高需 173 公分以上、體重 75 公斤以上、年齡低於 23 歲，申請資格時，必須通過希望所屬的相撲房的親方（おやかた，類似師傅）的同意，以及向日本相撲協會提出所需要的文件。之後，日本相撲協會便會請指定的醫師做相關的健康檢查，其合格登錄後才能正式成為相撲力士。

ちゃんこ・相撲火鍋

相撲火鍋是專門設計給相撲力士吃的鍋物料理。「ちゃんこ」一般大多都以為專指火鍋料理，但原本的意思為泛指所有相撲力士所吃的食物。但由於火鍋料理可以一次大量製作，又可以使用許多具備各種各樣的營養的食材，為了要讓力士們快速補充大量的營養及體力，力士們的三餐變得以火鍋料理為主，漸漸的衍生出相撲火鍋。當然，現在不是力士的人也吃的到相撲火鍋，日本有許多專門的相撲火鍋店還會是由退休的力士經營。

相撲火鍋的湯底除了醬油或是味噌以外，最近也多了鹽味口味。相撲火鍋的湯底其實沒有一定，根據相撲部屋的不同會有所差異，例如有些會用泡菜、咖哩粉、白醬等來調味，做成各式各樣的相撲火鍋。為了讓力士們攝取更多的蛋白質，通常會在火鍋裡加入大量的肉類及魚類。但是因為現代愈來愈多文明病的出現，為了要預防疾病，力士也會透過營養師的建議，增加青菜的攝取量，以達到營養均衡。

49 歌舞伎（かぶき）

歌舞伎

49.mp3

歌舞伎的歷史可追溯至戰國時代的女性舞者「出雲的阿國」編出的「歌舞伎舞蹈」。舞者模仿當時流行的奇特裝扮於舞台上跳舞，從此這種表演就被人稱為「歌舞伎」。

出雲の阿国・いずものおくに・出雲的阿國
編み出す・あみだす・編出　　流行り・はやり・流行

» 歌舞伎

◆歌舞伎的裝扮

江戶時代的人根據性別與身分、年齡、職業、立場等的不同，髮型與服裝、用語或使用的道具也都不同。

歌舞伎的裝扮、道具與演技等都是以當時人們的樣子為基礎，再加上所扮演的角色個性，來誇張地呈現給觀眾。

◆歌舞伎的各種戲劇

歌舞劇大略分為時代劇和人情劇兩種。

◆時代物（じだいもの）・時代劇

內容描寫比江戶時代還要更久遠的武士或公家的故事。

當中描述內亂的故事稱為「御家物（おいえもの）（御家物）」，約在西年592年～1185年間發生的故事稱為「王朝物（おうちょうもの）（王朝物）」

◆世話物（せわもの）・人情劇

描寫江戶時代人們的生活，意指當時的現代劇。

歌舞伎的演出方式

◆引き抜き（ひぬ）・換裝

在舞台上一瞬間換裝的表演。事先先重疊穿上衣服，再縫上機關線。輔助演員會配合主要演員把身上的衣服抽掉，為了要使觀眾轉移目光，通常會在舞蹈進行中換裝。

◆宙乗り（ちゅうの）・空中繩索

演員吊繩索於舞台或觀眾席上表演，大多是扮演幽靈或妖怪、狐狸等非真實的腳色。

◆六法（ろっぽう）・六法走法

誇張擺動手腳，象徵走路與跑步的樣子。

◆見得（みえ）・見得

為了表現情緒起伏，在表演途中會一瞬間靜止下來並定格做姿勢。這種表現方式有寫人物的功用。

在表現「荒事」的角色時，會誇張地擺動脖子、踏出腳步、大動作的擺手來呈現。另外表現美少年與「世話物」的角色時，動作會比較小。

50 らくご 落語

落語

48.mp3

落語是日本具代表性的大眾藝能之一。**落語家**穿著和服於**坐墊**上，一人演出多位角色，以敘述故事中登場人物們間的對話為中心，最後在加上**結尾**，引客人發笑的**話語表演**。

落語家・らくごか・落語家	座布団・ざぶとん・坐墊
落ち・おち・結尾	話芸・わげい・話語表演

落語的進行方式

落語家用的坐墊和麥克風

落語主要是在被稱為**寄席**的**劇場**進行公演。基本上不使用**大道具**或舞台裝置等。但會使用**小道具**，例如**扇子**與**手巾**。扇子會用來當作**筆**或**筷子**、**刀**，或是划船的**槳**、**煙管**等。另外也可攤開當作信紙或證書等。。用左手假裝在握碗，右手用扇子假裝是筷子在吃蕎麥的動作，與吸食蕎麥的聲音一起表演，可說是落語代表性的**一幕**。

補充單字

寄席・よせ・寄席	劇場・げきじょう・劇場
大道具・おおどうぐ・大道具	小道具・こどうぐ・小道具
扇子・せんす・扇子	手ぬぐい・てぬぐい・手巾
筆・ふで・筆	箸・はし・筷子
刀・かたな・刀子	櫓・やぐら・槳
煙管・きせる・煙管	シーン・一幕

落語的種類

◆古典落語（こてんらくご）· 古典落語

從江戶時代開始，經過明治、大正、昭和，直到第二次大戰前所誕生的落語。舞台背景為人們都還穿著和服生活的時候。可以感受到以前的風俗與習慣、用詞、情緒等，「古時候傳統的日本」。

◆新作落語（しんさくらくご）· 新作落語

第二次大戰之後所誕生的作品。

主要背景為現代，登場人物與故事也帶有現代感，第一次聽落語的人會非常有親切感。

◆滑稽話（こっけいばなし）· 滑稽故事

為引人發笑的落語。最後會有結尾的笑點，大部分都是很好笑的內容。

◆人情噺（にんじょうばなし）· 人情故事

從過去到現代的世間人情冷暖故事，也有聽了會令人落淚的內容。

◆芝居噺（しばいばなし）· 戲劇故事

參雜歌舞伎的落語。

◆怪談話（かいだんばなし）· 怪談故事

場內會變暗，故事中有時會出現幽靈。

51 伝統楽器（でんとうがっき）

傳統樂器

51.mp3

日本的傳統樂器又稱「**和樂器**」或是「**邦樂器**」，除了少部分的樂器之外，大多是從中國流傳到日本，再經過獨自發展出來的樂器。這裡挑最具代表性的「**三味線**」和「**尺八**」來介紹。

和楽器・わがっき・和樂器	**邦楽器**・ほうがっき・和樂器
三味線・しゃみせん・三味線	尺八・しゃくはち・尺八

三味線的構造

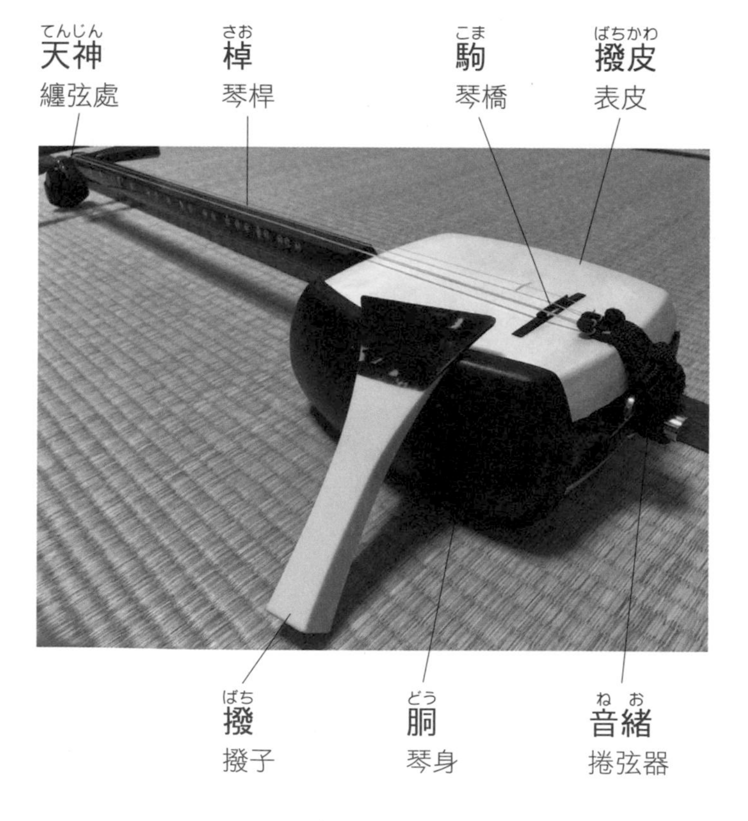

小知識

「三味線（しゃみせん）を弾（ひ）く（彈三味線）」

意指隨口亂説來迎合對方，或著就只是胡説八道。這個諺語從「口三味線（くちしゃみせん）を弾（ひ）く（嘴巴彈三味線）」演變而來，意指某人用嘴巴模仿三味線的音色，表示嘴裡出來的東西都是假的。

尺八

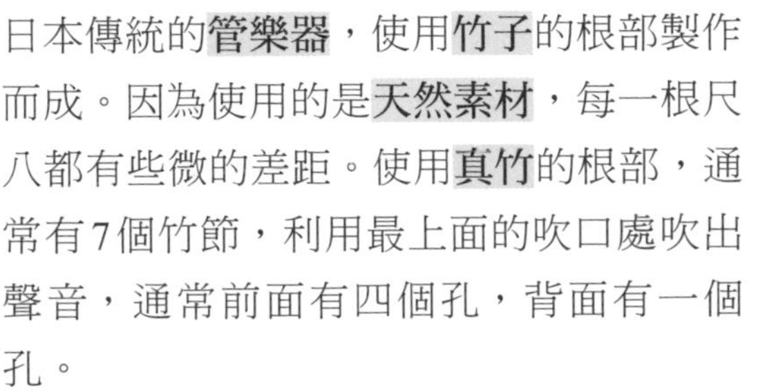

日本傳統的**管樂器**，使用**竹子**的根部製作而成。因為使用的是**天然素材**，每一根尺八都有些微的差距。使用**真竹**的根部，通常有7個竹節，利用最上面的吹口處吹出聲音，通常前面有四個孔，背面有一個孔。

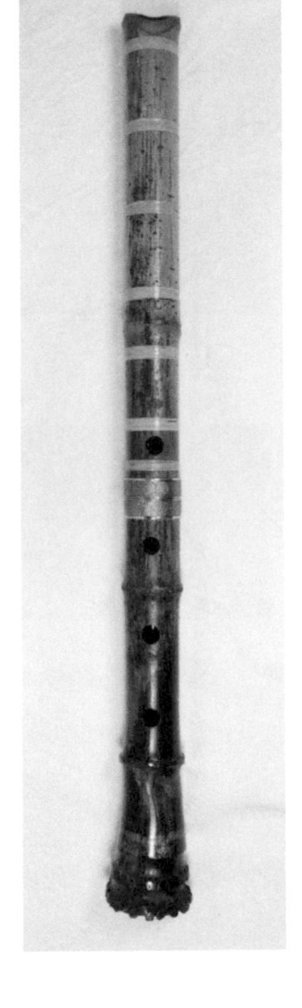

◆名字的由來

尺八最早從中國的**唐朝**傳來，當時這種樂器的**標準**長度為一尺八寸（約54.5公分），所以才有此名。

補充單字

管楽器・かんがっき・管樂器
竹・たけ・竹子
天然素材・てんねんそざい・素材
真竹・まだけ・真竹
唐・とう・唐朝
標準的・ひょうじゅんてき・標準

52 公演（こうえん）

公開表演

52.mp3

現場表演的**樂團**演奏會和**偶像**的演唱會都可以稱做是「公開表演」，又稱作「コンサートライブ」，但是一般日常使用上習慣稱樂團的演奏會為「コンサート」，偶像的演唱會為「ライブ」。

楽団・がくだん・樂團　　アイドル・偶像

公開表演看的到的東西

ステージ・舞台

客席（きゃくせき）・觀眾席

スクリーン・螢幕

照明（しょうめい）・照明燈

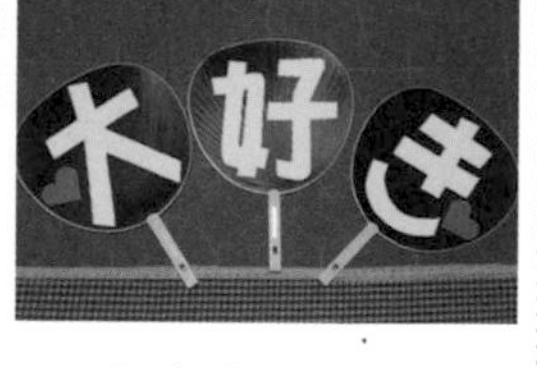

うちわ・圓扇

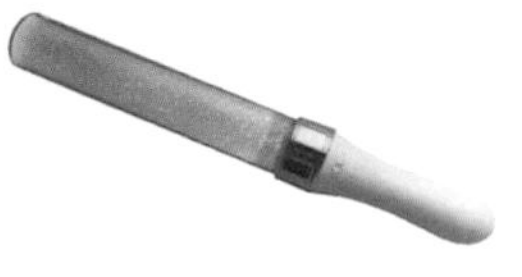
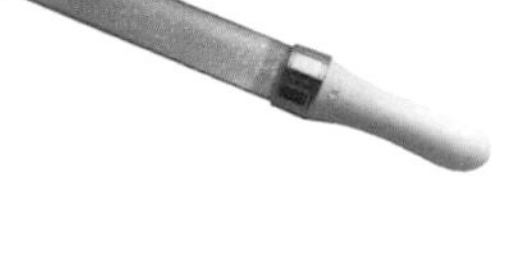

ペンライト・螢光棒

小知識：什麼是「ダフ屋（や）（黃牛）」？

以轉賣目的買入人氣門票，再違法轉賣給買不到或想買票的人的賣家或業者。像這種不正當轉賣給他人的行為稱為「ダフ屋」。「だふ」這個名詞意味著表示票券的「札（ふだ）（紙張）」，再把它顛倒過來。

表演的種類和規則

日本的演唱會大致可分為「J-POP」、「ロック（搖滾）」、「洋（西洋音樂）」、「クラシック（古典樂）」幾種。

◆古典樂的演奏會

① 拍手的時機

只要仔細觀察演奏者與指揮者，應該就能知道時機為何時。但大多拍手時機為演奏結束後，指揮者與演奏者都放鬆微笑且鞠躬敬禮的時候。不習慣的人可以配合大家一起拍手。

② 演奏廳裡的飲食規定

在演奏廳禁止吃等東西，飲料的規定會依場所而不一樣，但大多都能夠喝水。

◆西洋音樂、搖滾、J-POP的演唱會

① 有分站著坐著

演唱會與古典樂的演奏會不同，不一定都是坐著觀看的。觀眾常會配合節奏邊跳邊擺動，反而靜靜地坐著聽歌還比較稀奇。但是以抒情歌為主的演唱會通常都是坐著觀賞。

② 禁止攝影及錄音

通常都會禁止相機或錄音機。進場之前都會於入口處檢查包包。

③ 拍手或手勢

第一次去搖滾或J-POP的演唱會時，應該會被全場觀眾拍手及手勢嚇到。因為搖滾或J-POP的演唱會，通常觀眾都是來過好多次的瘋狂粉絲，所以都很習慣會場的行進方式。

第四章

觀光

53 ホテル
飯店

53.mp3

飯店就是HOTEL，中文裡也可稱為旅館，要去日本觀光時大多都會住進這種設施。飯店有很多種類，可**租**的房間也有許多種類，由於也有**特殊**用途的飯店，要租借之前最好要**確認**一下。

借りる・かりる・租　　特殊・とくしゅ・特殊
確認・かくにん・確認

飯店的種類

◆シティホテル・市區飯店

位於熱鬧市區中的大型飯店。通常有名的一流飯店幾乎都是這種市區飯店。除了住宿與吃飯之外，市區飯店裡也可舉辦婚禮與餐會表演、演講、董事會或法事· 法事等活動，另外也有設置可容納數百人的大宴會廳，以及精品店、美容院、花店、禮品店等的外租商店。

◆ビジネスホテル・商務飯店

位於市區中心，主要是提供給出差者的飯店，所以房型較小但價格便宜。通常房間裡都有提供WIFI上網服務。飯店裡有附設餐廳，雖然有些飯店早餐採用預約制且須另外付費，但現在越來越多飯店免費提供飯糰、味噌湯、麵包、果汁、咖啡、熱湯等簡單的餐點當作早餐。

◆高級(こうきゅう)ビジネスホテル・高級商務飯店

位於市區車站前的商務飯店。飯店內設施不輸市區飯店，住宿價格介於舊型的商務飯店與市區飯店中間。

◆モーテル・汽車旅館

如果有名的連鎖旅館的話，大概接近商務飯店的感覺，如果是個人經營的小規模汽車旅館大概就接近民宿的感覺，但基本上客房都會採用可讓一家四口住進的四人房，房內大小也與日本一流的市區飯店一樣寬敞。

◆**観光（かんこう）ホテル、リゾートホテル・觀光飯店、渡假飯店**

設於溫泉地、海邊或高原等的渡假勝地。

◆**デザイナーズホテル・設計旅館**

不論是在外觀・外觀或內裝・室內裝潢上都充分的發揮出設計概念，費盡工夫、心思設計的飯店、旅館。

◆**カプセルホテル・膠囊旅館**

膠囊旅館會在膠囊狀的房間裡設置簡單的床鋪。屬日本獨有的旅館。

◆**ラブホテル・賓館**

主要是提供情侶使用。簡稱「ラブホ」，屬日本獨有的旅館。

房間的種類

基本上以房間內的床的大小或數量來決定房間的種類稱呼。少部分的房間會有特殊的用途。

シングルルーム・單人房（單人床）

ダブルルーム・雙人房（單床）

ツインルーム・雙人房（兩張床）

トリプルルーム・三人房

フォースルーム・四人房

54 皇居

こうきょ

皇居

54.mp3

皇居是**天皇皇后**一家人所居住的地方。皇居寬闊，又位於市中心，但卻是充滿自然的地方。警備**森嚴**，但是有**對外開放**觀光，是能夠讓人充分感受及了解日本歷史的地方。

天皇皇后・てんのうこうごう・天皇皇后
嚴重・げんじゅう・森嚴
一般開放・いっぱんかいほう・對外開放

皇居的景點

皇居由江戶城改建過來，所以內部有不少古蹟和外表歷史悠久的建築物，但內部有加以現代化。

ききょうもん
桔梗門・桔梗門

皇居南側的入口。皇居警察的本部就位於這個建築物之內。

ふじみやぐら
富士見櫓・富士見塔

「櫓」是防衛用的瞭望塔，現存三座。富士見塔位於皇居西南側。

ちょうわでん
長和殿・長和殿

細長的宮殿，每年1月2日和天皇生日會開放遊客參觀。

伏見櫓（ふしみやぐら）・伏見塔

別名「月見櫓（つきみやぐら）（月見塔）」，被稱為是最漂亮的瞭望塔。

二重橋（にじゅうはし）・二重橋

原本的名字是「正門鐵橋」，駐有皇宮警察，未申請不能通過。

宮内庁庁舎（くないちょうちょうしゃ）・宮內廳廳舍

「宮內廳」是負責皇室關聯的國家事務的內政府機關。

富士見多聞（ふじみたもん）・富士見多聞

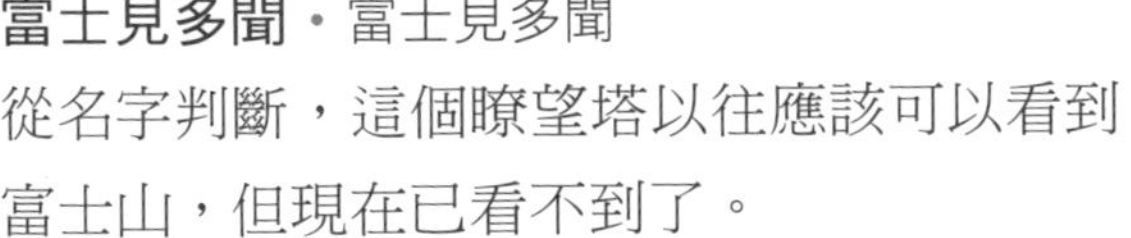

從名字判斷，這個瞭望塔以往應該可以看到富士山，但現在已看不到了。

皇居外苑（こうきょがいえん）・皇居外苑

貼近皇居的國民公園，有14世紀武將「楠木正成」的銅像鎮座在此，非常顯眼。

小知識

皇居外圍的慢跑行程非常受到歡迎。1圈約5公里左右，高低差距約為26公尺。初學者到熟練者都能一同參與，也是這個慢跑行程最大的魅力。

55 永田町（ながたちょう）

永田町（行政中心）

55.mp3

永田町位於**首都**東京的千田代區，日本的**國會議員**大多在此工作。是聚集了日本政治的**國家中樞機關**的地方，供議員開會的國會議事堂、議員工作的議員會館和各大黨派的黨本部都位於此地。

首都・しゅと・首都　国会議員・こっかいぎいん・國會議員
国家中枢機能・こっかちゅうすうきのう・國家中樞機關

永田町的各種設施

◆国会議事堂（こっかいぎじどう）・國會議事堂

日本的政治家「國會議員」們用來舉行國會的地方，建於1936年（昭和11年）。建築樣式為左右對稱，由正面來看，左邊為「衆議院」，而右邊為「參議院」。

小知識：永田町 VS 霞關

永田町是政治機關集合的地方，而「霞が関（かすみがせき）（霞關）」則是行政機關聚集之地，在日本，有時會以「永田町」代稱政治家，還以「霞關」代稱官僚。霞關和永田町鄰近，內閣府、人事院、最高法院、警視廳本部、厚生勞動省、環境省等等都在這個地方。

◆国立国会図書館・國立國會圖書館

（こくりつこっかいとしょかん）

日本的國會議員為了人民要調查研究或行政上需要的文件時會利用到的圖書館。另外根據法定送存制度，這裡保有日本國內出版的所有出版書籍，為日本唯一一個法定送存圖書館。

◆自由民主党本部・自由民主黨本部

（じゆうみんしゅとうほんぶ）

自由民主黨簡稱「**自民黨**」。自由民主黨成立以來幾乎都佔據國會多數席位，為日本長久以來的執政黨。日本政治幾乎沒有變天過，唯一一次曾於2009年（平成21年）的**選舉**敗給**民主黨**，但幾年後又將政權贏了回來，現在仍是壓倒性的一黨獨大。

自民党・じみんとう・自民黨
選挙・せんきょ・選舉
民主党・みんしゅとう・民主黨

56 新宿

しんじゅく

新宿

56.mp3

新宿區位置接近東京都的中心部，與**涉谷**、**池袋**並列為東京三大副**都中心**。是日本具代表的繁華街，也是辦公大樓林立的**商業圈**。

> 渋谷・しぶや・澀谷區　池袋・いけぶくろ・池袋區
> 都心・としん・都中心
> 商業地域・しょうぎょうちいき・商業圈

新宿的景點

◆新宿駅周辺（しんじゅくえきしゅうへん）・新宿車站周圍

新宿站的東邊聚集了老牌的百貨公司與專賣店及餐廳。東口附近的「STUDIO・ALTA」與中央東口的警察局，是新宿有名的會合地點。新宿車站的北邊，若往歌舞伎町方向走的話，餐廳與飯店等一間接著一間，是個大型的紅燈區。

◆歌舞伎町（かぶきちょう）・歌舞伎町

聚集了餐廳、電玩遊戲店、電影院等的紅燈區。歌舞伎町裡有電影院、漫畫咖啡店、居酒屋、酒店、特種行業店、牛郎店、賓館、柏青哥店等林立，被稱為「不沉睡的街道」，即使是深夜也燈火通明、人潮擁擠。

◆花園神社（はなぞのじんじゃ）・花園神社

位於新宿街道上，被認為是守護新宿街道的神明。另外也擔任著促進新宿文化發展的角色，會在神社裡定期舉辦各種劇團表演。在這鮮紅色的神社裡，除了參拜信眾之外，也有許多人在此小歇，或等人會合，人潮可說是絡繹不絕。

◆新宿駅（しんじゅくえき）・新宿車站

貫穿JR日本鐵道、民營鐵路、地下鐵連結周邊的城郊住宅區，有許多上班族搭乘。而且車站周邊又為日本最大的繁華街與紅燈區，不管早晚人潮都絡繹不絕。以JR車站為中心的東、西、南口及附近的各個地下鐵站、各個商業設施等都設有通路或地下街，連結各個地方。一天平均的搭乘人數為346萬人，是搭乘人數世界第一（金氏世界紀錄認定）多的車站。要是再加上以地下道連結的西武新宿站的搭乘人數，就有364萬人以上之多。

小知識：新宿的迷宮

新宿車站非常大又複雜，是著名的迷宮車站，非常容易迷路。即使是日本人也常常被新宿車站困住呢。

57 秋葉原

あきはばら
秋葉原

57.mp3

過往以大量的電器用品店知名，現在是宅文化的發祥地，簡稱「秋葉（あきば）」。近年受到**地價**上升和**新冠肺炎**波及，一般的**辦公大樓**漸漸變多，不過還是有很多**宅**文化在。

地価・ちか・地價
新型肺炎・しんがたはいえん・新冠肺炎
オフィスビル・辦公大樓　　お宅・おたく・宅

秋葉原看的到的風景

◆メイドカフェ・女僕咖啡廳

女僕咖啡廳並非秋葉原獨有，但秋葉原有很多家。店員們會喊「**主人，您回來了**」（有些店會喊“**老爺**”，如果是女性顧客就喊“**大小姐**”）來迎接，女僕店員們會與客人玩遊戲、在飲料中加入牛奶、端上蛋包飯後在客人面前用番茄醬塗鴉、幫忙攪拌義大利麵、把料理吹涼後餵客人吃等等，而在客人要離開時會喊「主人**請小心慢走**」。

補充單字

ご主人様・ごしゅじんさま・主人
お帰りなさいませ・おかえりなさいませ・您回來了
旦那様・だんなさま・老爺
お嬢様・おじょうさま・大小姐
行ってらっしゃいませ・いってらっしゃいませ・小心慢走

宅文化是什麼？

雖然「宅」這個名詞已被大家所認知，但定義還有些模糊。雖然台灣也常常會說「宅男」、「宅女」，但意思是常待在家裡玩電腦或電動的人，在台灣「宅」這個字比較傾向於「常常窩在家裡」的意思，與日本所說的阿宅有些許不同。

在日本的阿宅，是指極度喜好對某樣東西(例如電車、動畫、模型等)的人，但是對於其他知識一概不通，或是欠缺交際性、社交性(例如不在乎打扮穿著怪異、能在網路上的留言板發言，但卻無法在真實生活中與人溝通等)的人。近年來大家把阿宅這個名詞活用，創造出很多種「宅」，如：軍事・兵器宅、鐵路宅、偶像宅等，意指對特定對象或事情的愛好者或粉絲。

◆秋葉原的「電気街口（でんきがいぐち）（電器街）」

秋葉原最先以大量的電器用品店聞名，現在也留著不少的電器店。從秋葉原車站的「電氣街口」出口出來，就會來到秋葉原最有名的電器街，有大量的電器用品店和PC零件專賣店，不過還是有很多的女僕咖啡廳。

58 東京タワー（とうきょう）
東京鐵塔

58.mp3

東京的**象徵**，且為知名的觀光景點。正式名稱為**日本電波塔**。鐵塔的收入有五成都是來自**觀光客**，鐵塔裡聚集了東京以外縣市與世界各地的客人。

象徵・しょうちょう・象徵
日本電波塔・にっぽんでんぱとう・日本電波塔
観光客・かんこうきゃく・觀光客

東京鐵塔的基本資料

- 1957年6月29日開始工程，1958年12月23日竣工
- 塔高333公尺，目前是日本第二高的建築。
- 鐵塔位於東京都內的「芝公園（しばこうえん）（芝公園）」之內，接近東京都的中心。
- 大觀景台票價：
  成人1200圓
  小孩700日圓
- 2013年6月成為日本的登錄有形文化財

東京鐵塔上的咖啡廳

◆カフェ・ラ・トゥール・CAFE・la・TOUR

位於東京鐵塔之內的觀景咖啡廳，約離地面145公尺，比觀景台的地板高出60公分左右。因為在觀景台無法使用火，食物都是使用電器來加溫。販賣**咖啡**、**牛奶**、啤酒、**蛋糕**、**布利歐蛋糕**、**烙印**有鐵塔圖案的**銅鑼燒**等商品。

補充單字

コーヒー・咖啡
ミルク・牛奶
ケーキ・蛋糕
ブリオッシュ・布利歐蛋糕
焼き印・やきいん・烙印
どら焼き・どらやき・銅鑼燒

小知識

對於不想要靠電梯，享用自己的雙腳登上東京鐵塔的名眾來說是個好消息：東京鐵塔真的能用自己雙腳登上去呢！高度為 150 公尺約 600 個階梯，每個階梯上都有寫上階梯數喔！

59 東京（とうきょう）スカイツリー
東京天空樹

59.mp3

天空樹合併觀光、商業設施與辦公大樓等，包含鐵塔周遭的設施稱為東京**天空樹城**，2012年以**無線電塔**兼**觀光設施**名義開始營運。

スカイツリータウン・天空樹城
電波塔・でんぱとう・無線電塔
観光施設・かんこうしせつ・觀光設施

東京天空樹的基本資料

- 2008年7月14日開始工程，2012年2月29日竣工
- 塔高為634公尺，接近東京鐵塔的兩倍。
- 位於東京都墨田區，是東京都的東側。
- 天望台+天望迴廊票價：
  成人2700圓
  小孩1300圓
- 2011年11月17日，金氏世界紀錄認定天空樹為世界第一高塔。

東京天空樹建設的由來

為了應對現代高樓林立，導致電視台等的電波傳導不利的情況，2003年開始**日本放送協會**（NHK）與東京五家**民營電視台**希望能建設超過600公尺的新無線電塔，展開「東京6家電視台新鐵塔創立企劃」。經多年的設計、溝通、籌資，於2008年開始建造。

補充單字

日本放送協会・にっぽんほうそうきょうかい・日本放送協會
民間テレビ局・みんかんてれびきょく・民營電視台

東京天空樹的名稱

曾於2008年春季開放網路投票，從6個候補中選擇：

「東京（とうきょう）スカイツリー（東京天空樹）」
「東京（とうきょう）EDO タワー（東京EDO塔）」
「ライジングタワー（新星塔）」
「みらいタワー（未來塔）」
「ゆめみやぐら（夢見塔）」
「ライジングイーストタワー（新星東方塔）」

最後由東京天空樹獲勝。

小知識

天空樹的入場費之貴曾引起了很大的話題。天空樹的建設費用約400億圓，與其他建設加起來的總費用約650億圓。入場費會那麼貴可能是為了要回收高額的建設費用與維持費用吧！

60 横浜中華街（よこはまちゅうかがい）

横濱中華街

60.mp3

位於神奈川縣橫濱市中區山下町的中華街。約0.2平方公里的**區域**裡設有500家以上的**店面**，是日本最大、也是**東亞**最大的中華街。

區域・くいき・區域　　店・みせ・店家、店面
東アジア・ひがしあじあ・東亞

橫濱中華街的活動

◆春節（しゅんせつ）・春節

每年農曆過年時舉辦的活動。整條街鳴響著**鞭炮**聲、鐃鈸與**鼓**、銅鑼聲，還有**中國**的**舞龍舞獅**出來一起慶祝新年的到來。之中還會有表演唱歌跳舞及中國傳統的藝能表演，可以充分感受到過年的氣氛。

補充單字

爆竹・ばくちく・鞭炮　　太鼓・たいこ・鼓
中国・ちゅうごく・中國　　獅子舞い・ししまい・舞龍舞獅

◆媽祖祭（まそさい）・媽祖祭典

每年3月的21日舉行，是慶祝橫濱中華街內的媽祖廟開設的祭典。當天會在神殿裡辦奉神儀式，還會在街上舉辦盛大的神轎遊行。

橫濱中華街看的到的店家

◆中華料理店（ちゅうかりょうりてん）・中華料理店

中華料理在日本有廣泛人氣，橫濱中華街的一大觀光吸引力便是滿街的中華料理。其中以便宜、好吃、也適合邊走邊吃的各種包子最為有名，可以現場吃掉，也可以帶回去與其他人分享。

◆占い（うらない）・占卜

橫濱中華街聚集了很多**占卜師**，也是當地的一大吸引力。最常見的是看**手相**、**塔羅牌**等。比較特殊的是在2022年3月26日開張的「**橫濱開運水族館**」，是日本唯一以「占卜」為主題的水族館，有許多號稱可以為客人開運的水生動物。

補充單字

占い師・うらないし・占卜師
手相・てそう・手相
タロットカード・塔羅牌
橫浜開運水族館・よこはまかいうんすいぞくかん・橫濱開運水族館

小知識：各式各樣的包子

肉（にく）まん：肉包子，任何有肉的包子都可這樣講。
豚（ぶた）まん：豬肉包子，日本最常見的種類。
フカヒレまん：魚翅包子，正確來說是加入魚翅的肉包子。
カレーまん：咖哩包子，加入咖哩的肉包，外皮也會調黃。
あんまん：紅豆餡包子。

61 祇園（ぎおん）

祇園

祇園是**京都**具代表性的**鬧區**及**紅燈區**，位於京都府京都市的東山區，賣藝不賣身的**藝妓**特別有名。

京都・きょうと・京都　　繁華街・ばんかがい・鬧區
歓楽街・かんらくがい・紅燈區　　芸妓・げいこ・藝妓

祇園的藝妓

京都的祇園的**花街**裡，負責唱歌跳舞及演奏**三味線**等，在宴會上增添趣味的女性表演工作者稱為藝妓，而還在見習階段的人稱為**舞妓**。

京都的藝妓人數約161人。京都的**宴會**酒席場所基本上沒有其他客人的介紹，就無法進入店裡。但是近年來像這種制度也越來越鬆了，所以一般人能夠與舞妓們接觸的機會越來越多了。

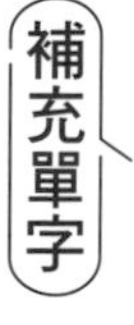

花街・はなまち・花街　　三味線・しゃみせん・三味線
舞妓・まいこ・舞妓　　宴会・えんかい・宴會

藝妓的工作就是在宴會上跳舞，與客人聊天，接待客人。「野球拳」與「金比羅舟舟」是在宴會上有名的遊戲。在沒有宴會，不用接客的時候，藝妓都忙於練舞或練習三味線，過著非常忙碌的日子。

祇園的觀光景點

◆祇園祭（ぎおんまつり）・祇園祭

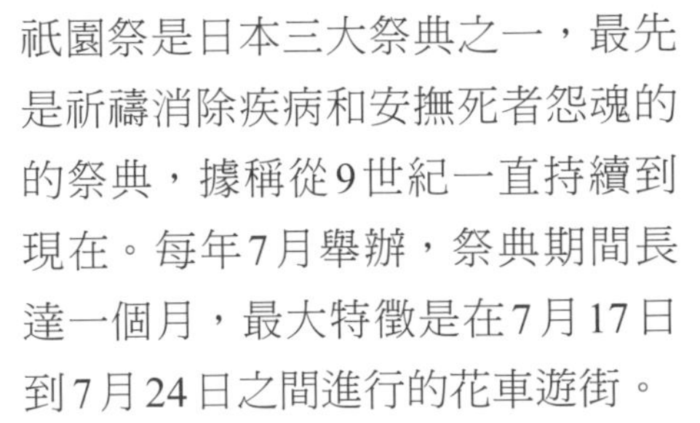

祇園祭是日本三大祭典之一，最先是祈禱消除疾病和安撫死者怨魂的的祭典，據稱從9世紀一直持續到現在。每年7月舉辦，祭典期間長達一個月，最大特徵是在7月17日到7月24日之間進行的花車遊街。

◆建仁寺（けんにんじ）・建仁寺

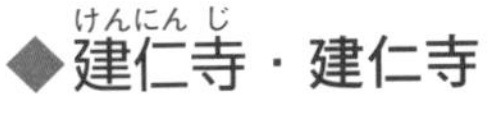

建仁寺是位在京都市東山區的寺院，創立於1202年。受鎌倉幕府的將軍之命，榮西禪師自中國帶回臨濟宗的禪法和中國的茶，在此地開設禪寺。是京都歷史最久的禪寺，也是日本的茶文化的發祥地。

◆芸妓体験（げいこたいけん）・藝妓體驗

在京都的觀光地常會看到觀光客在路邊與舞妓拍照，但實際上真正的舞妓並不會在大白天出來走動，所以一般人看到的舞妓其實是在體驗舞妓的一般民眾。若能遇到真正的舞妓，可說是非常幸運呢！

62 日本三名園（にほんさんめいえん）

日本三名園

62.mp3

日本三名園是以美景聞名的三大著名日本**庭園**的合稱，即水戶市的**偕樂園**、岡山市的**後樂園**、金澤市的**兼六園**。

庭園・ていえん・庭院　　**偕楽園**・かいらくえん・偕樂園
後楽園・こうらくえん・後樂園
兼六園・けんろくえん・兼六園

偕樂園

位於日本茨城縣水戶市的日式庭園。於天保13年（1842年）由水戶藩第九代藩主德川齊昭所建造。約13公頃大的庭園裡種有三千株、約上百種類的梅花，早春季節總是有許多賞梅的遊客前來。

◆水戸（みと）のつつじ祭（まつ）り・水戶杜鵑花祭

4月下旬～5月中旬
園內會綻放約380株左右的杜鵑花，季節中會有市民觀光義工幫忙導覽，並會舉辦戶外點心茶會。

◆水戸（みと）の梅（うめ）まつり・水戶賞梅祭

2月20日～3月31日
賞梅日當天會在偕樂園內舉辦戶外茶會及古箏演奏會，期間內也會開放偕樂園臨時車站，會有相當多的觀光客聞名而來。

後樂園

位於岡山縣岡山市北區的日式庭園。岡山後樂園是由距離現在約300年前的岡山藩第2代藩主池田綱政所建造，用來供藩主放鬆休息的庭園。後樂園在藩主換代交棒時常會改建、增築，從庭院風格能看出當時每任藩主的喜好，或當時日本社會的流行。

◆名月鑑賞会（めいげつかんしょうかい）・名月觀賞會

每年的中秋節（農曆8月15日）

當天將園區開放時間延長到下午9點30分，讓大家能在園區內欣賞中秋明月。雖然後樂園位於市區內，但從園內能夠不受到其他建築物影響，清楚地欣賞到名月緩緩於山線上升的樣子。

兼六園

位於石川縣金澤市的日式庭園。兼六園是江戶時代的代表大名庭園，是由加賀歷代的藩主經過漫長的年月所建造而成的。兼六園主要採用「廻遊式」的建造方式，但其中也參雜了各個時代的庭園手法，是個綜合性的庭園。

63 日本三景（にほんさんけい）
日本三景

63.mp3

日本三景是指以下三個名勝景點：**天橋立**、**松島**、**嚴島**，都是沿著海岸線的景點，自古以來就常出現於詩歌與圖畫之內。

天橋立・あまのはしだて・天橋立
松島・まつしま・松島　　嚴島・いつくしま・嚴島

天橋立

位於京都府宮津市，由於地殼運動產生的一個海上沙洲。

◆智恩寺（ちおんじ）・智恩寺

祭拜知名的文殊菩薩的臨濟宗古廟。越過稱為「黃金閣」的山門後看到的「多寶塔」被視為國家重要文化財產之一。裡面也設有和泉式部的歌塚，全國各地祈禱學業順利的學生們都會前來拜訪。

小知識

三人寄れば文殊の知恵・さんにんよればもんじゅのちえ
「三個臭皮匠，勝過一個諸葛亮」。自古以來的諺語，意思是說只要聚集三個人一定可以想出好的方法。

松島

包含宮城縣松島灣內外大約260個左右的諸島，與包圍著諸島與海灣的松島丘陵地區。

◆松島島（まつしましま）めぐり・松島環島

「環遊灣內一周行程」可觀賞到仁王島、鐘島、桂島等大大小小的奇岩風景。12月到3月則會推出大快朵頤牡蠣火鍋的遊船行程：「周遊松島～鹽竈灣內行程」。民眾可根據目的與季節選擇不同的行程。

嚴島

以廣島縣廿日市市的嚴島神社為中心的島嶼，又稱「宮島（みやじま）（宮島）」。嚴島神社可說是嚴島的象徵，於1168年由信仰虔誠的平清盛所創建，漲潮時豎立在海上的大鳥居最為有名。

64 日本の観光スポット（にほん かんこう）

日本的觀光景點

64.mp3

除了之前介紹的特別知名的景點之外，日本還有許多觀光景點，在這裡來介紹之前沒提到的地方。

北海道的景點

◆登別温泉（のぼりべつおんせん）・登別溫泉

位於日本茨城縣水戶市的日式庭園。於天保13年（1842年）由水戶藩第九代藩主德川齊昭所建造。約13公頃大的庭園裡種有三千株、約上百種類的梅花，早春季節總是有許多賞梅的遊客前來。

東北地區的景點

◆奥入瀬渓流（おいらせけいりゅう）・奧入瀨溪流

唯一從青森縣十和田湖流出的清澈溪流，從「子口」開始一直到「燒山」，溪邊步道長達14.5公里。號稱東北第一美麗的溪流。景觀會隨四季產生豐富的變化。

◆乙女の像（おとめ ぞう）・少女像

到十和田湖參觀時必見的景點。少女像作家兼雕刻家高村光太郎於1953年完成的傑作，一般認為是作者妻子「高村智惠子」的雕像，不過作者並沒把話說死，供各位想像。

關東地區的景點

◆那須（なす）アルパカ牧場（ぼくじょう）・那須羊駝牧場

位於櫪木縣，牧場內約有400隻的羊駝。可以與羊駝一起散步在園內，也能摸摸羊駝一起拍照。另外在交流廣場也可以與羊駝互相玩耍非常有趣。

◆汽車道（きしゃどう）・汽車道

為於橫濱市，原本是明治44年開通的靠港鐵路的一部分，長度約500公尺，是一條跨海的人行道，是散步的好地方。

中部地區的景點

◆加賀（かが）フルーツランド・加賀水果園

面積約為5.5個東京巨蛋大，大約25萬坪大的水果樹園。春天為草莓、秋天為蘋果、葡萄等，一年四季都有當季的水果可採收。另外也能於商店購買自製的果醬及葡萄酒等商品。

近畿地區的景點

◆清水寺（きよみずでら）・清水寺

位於京都府，從東大路一直往清水坂前進，約走約1公里的路程會到達音羽山的半山腰，而清水寺就坐落於此。清水坂中途也有很多家的土產店，非常熱鬧，清水坂途中連接產寧坂及二年坂，形成京都著名觀光景點之一。

◆奈良公園（ならこうえん）・奈良公園

位於奈良縣的公園，以會跟人要食物的鹿聞名。棲息於奈良公園的鹿，是被指定為國家天然紀念物的野生動物。並不是被飼養的動物。

◆道頓堀（どうとんぼり）・道頓堀

連結流過大阪府大阪市的木津川與東橫堀川，全長約2.5km的運河，道頓堀川一帶也為繁華街的中心。

◆伏見稲荷大社（ふしみいなりたいしゃ）・伏見稻荷大社

伏見稻荷大社祭拜的是掌管農耕之神，是近畿地區最多人參拜的神社。其中最有名的景觀是「千本鳥居」。從江戶時代開始，伏見稻荷大社當地流傳許願後若順利地實現願望，就該為神社建一個通紅的鳥居，幾百年下來就形成了這個景觀。

中國地區的景點

◆鳥取砂丘（とっとりさきゅう）・鳥取砂丘

鳥取縣的著名地標，靠日本海海岸的廣大砂礫地，為知名的海岸砂丘，常有很多觀光客。日本的電影、電視劇拍攝沙漠時若預算或時間不夠，常會在這裡解決。

九州地區的景點

◆長崎原爆資料館（ながさきげんばくしりょうかん）・長崎原爆資料館

在被爆10周年的1955年，以長崎國際文化會館身分開館，而於被爆50周年時重新改造為現今的資料館。展示區有擺設被爆資料與重現模型，可觀賞到當時遭受到原子彈爆炸的慘狀及紀錄影片。

沖繩地區的景點

◆国際通り（こくさいどおり）・國際通路

長約1.6km的沿途道路上設有許多百貨公司、土產店、餐廳、咖啡廳與居酒屋。第二次世界大戰結束後此地一片灰燼，但之後卻有如此繁榮的發展，所以此地也被稱為「奇蹟的一英里」。

65 山

やま

山岳

日本約7成的**領土**都是**山岳地帶**，當中有很多是火山。現在最高的山是知名的**富士山**，最矮的山是位於日本東北地方的**日和山**。

領土・りょうど・領土　　山間部・さんかんぶ・山岳地帶
富士山・ふじさん・富士山　　日和山・ひよりやま・日和山

富士山

橫跨靜岡縣和山梨縣的活火山，位於東京西南方約80公里處。主峰海拔為3775.63公尺，是日本國內的最高峰。富士山每年9月中旬到10月中旬開始冠雪，山頂的積雪一直要到第2年6月融化，有時候7月中旬仍舊會有殘雪。因此每年的7、8月份是攀登富士山的最佳季節，其他季節封山。而8月份颱風數量增多，故推薦7月中旬登山最為適宜。雖然富士山高達3776米，但是各登山口基本都在2000米以上作為起點，所以難度不算很大，普通人不加以訓練也能攀登，每年都有數万人攀登富士山，約有一半人能夠登頂成功。上山從五合目到山頂正常人約花費7到10個小時，下山約花費3到5個小時。

小知識

江戶時代浮世繪畫家葛飾北齋以富士山為題材創作了46幅的連續版畫《富嶽三十六景》。當初畫家計劃按照題名只畫36幅，但後來因廣受歡迎，又加畫了10幅。

登山

日本近年吹起了一陣登山風。而其原因，有可能是反映現今累積大量壓力的民眾。因為登山對於身心都有非常好的效果。登山的好處不勝枚舉，能呼吸新鮮的空氣、觀賞美麗的景色、享受與都市**繁雜**氣息截然不同的**寂靜**・**孤獨**的感覺、又能**消除**平常的運動不足並加強心肺機能、鍛鍊腳力腰力、而在成功登上高難度的山頂時，又能獲得言語無法形容的**充實感**及達成感。

補充單字

雑踏・ざっとう・繁雜　　**静寂**・せいじゃく・寂靜

孤独・こどく・孤獨　　**解消**・かいしょう・消除

充実感・じゅうじつかん・充實感

登山的禮儀

① 垃圾務必要自己帶走。
② 請不要隨地丟棄菸蒂。
③ 在山上時請不要飲酒過量。
④ 請不要拔取過多山上的植物。
⑤ 在下山時遇到其他正在往山上走的登山客時，則需禮讓往山上走的登山客。
⑥ 最後登山必須注意的問題就是洗手間。許多可登山的地方都會設置公共廁所，但為預防萬一最好自己帶著攜帶式廁所套件，並在開始登山前預先上好廁所。

66 しろ 城
城堡

66.mp3

城堡是古時做為防禦**外敵**的**據點**而建造的建築物。並且也是集中糧食、武器與資金的戰鬥據點。主城為**指揮官**的所在地，也是**政治**與情報的據點。而現在的城堡則是一大觀光景點。

外敵・がいてき・外敵	拠点・きょてん・據點
指揮官・しきかん・指揮官	政治・せいじ・政治

城堡的種類

◆山城（やまじろ）・山城

利用險峻的山勢地形所建築成的城堡。

例：兵庫縣的「竹田城（たけだじょう）（竹田城）」

◆平城（ひらじろ）・平城

建於平地的城堡。

例：長野縣的「松本城（まつもとじょう）（松平城）」

◆平山城（ひらやまじろ）・平山城

建於平原裡的山上或丘陵上的城堡。

例：愛媛縣的「松山城（まつやまじょう）（松山城）」

城堡會有的各種設施

太鼓櫓（たいこやぐら）・太鼓櫓

裡面放置具有通知時間與發出作戰訊號功能的大鼓。

月見櫓（つきみやぐら）・月見櫓

和平的時代用來賞月的塔樓。

物見櫓（ものみやぐら）・物見櫓

防禦、觀察及監視敵人動向的塔樓。

蔵（くら）・倉庫

城堡的倉庫。

塀（へい）・圍牆

石垣（いしがき）・石牆

67 神社（じんじゃ）
神社

67.mp3

神社是日本神道教的精神圖騰與**信仰**中心，主要以**木造**建築為主。日本受正式認定的神社就有85,000間，4、5世紀所創建的神社佔多數，但此宗教建築真正深植民心應在19世紀**明治維新**之後。

信仰・しんこう・信仰　　木造・もくぞう・木造
明治維新・めいじいしん・明治維新

神社

在被群山環繞的日本，人們自太古時代以來便將大自然的一切視為神聖，並且對此抱以尊敬、感謝的心。人們將一些無法以科學解釋的事物神聖化、神格化，慢慢的結合個人信仰，而衍生出「神社」來。在眾多神社中，將其掌管人（特別是皇室或是武士）神格化的神社相當的多。

狐狸被視為稻荷神的使者，稻荷神社都可看到狐狸像。

神社主要祭祀對象一方面為神道的主神「天照大神」，一方面也崇仰自然萬物及各種神靈，具代表性者為掌管稻米、農耕，再延伸到各種產業興榮的稻荷神社，大大小小的祭祀設施超過十萬多個。

神社看的到的東西

◆鳥居（とりい）・鳥居

在神社中最常見到的建築物便是「鳥居」，用以區分神與人類所居住的世俗界，代表神域的入口，可以將它視為一種「門」。一般用木材製造，刷上生漆。

◆お守（まも）り・御守

在日本神社有販賣許多樣式的御守，不管是消災除惡，或是開運招福應有盡有。御守是在一個小布袋裡面裝入寫有經文的紙，將之束緊後戴在身上。

◆絵馬（えま）・繪馬

想要在神社許願，正式的手段是透過繪馬。繪馬是神社必見週邊之一，也是在神社中唯二可以用來許願的道具之一，另外一個選項便是御守。

◆賽銭箱（さいせんばこ）・賽錢箱

賽錢是願望達成之後給予神明的謝禮，古時主要是供給穀物或物資，近代開始給予金錢，而用來投錢的賽錢箱也因此產生，大多神社都會放一個在顯眼的地方。

著名的神社

◆伊勢神宮（いせじんぐう）・伊勢神宮

一般認為最有名的神社是位於三重縣的伊勢神宮。祭拜的為神道的主神「天照大神」和掌管所有食物的「豐受大御神」，被視為日本所有神社之頂點，現代的日本內閣總理大臣和農林水產省的大臣上任後都慣例的會去參拜。不接受來自個人的謝禮，也不設有賽錢箱。

68 てら 寺 寺廟

68.mp3

在日本寺廟是**佛教**的廟宇，神社則是**神道**教的。寺廟裡大多會有**佛像**，神社則是有**神體**，兩者參拜的方式也有略差異。日本約有75000多的寺院，和30萬以上尊的佛像。

仏教・ぶっきょう・佛教　　**神道**・しんとう・神道
仏像・ぶつぞう・佛像　　**御神体**・ごしんたい・神體

日本寺廟的參拜方式

① 走過山門
② 在手水舍洗手漱口
③ 捻香朝拜
④ 把香插在香爐裏
⑤ 點燃燈座上的蠟燭
⑥ 把香往自己身上撥
⑦ 把香油錢放進油錢箱內
⑧ 面對神像本尊雙手合十膜拜

京都「東寺」的五重塔

小知識

日本的寺廟和神社都會設有賽錢箱和神籤，是這些宗教設施的主要收入之一。丟賽錢時要避免投入10圓，因為10元在日語發音中可發「とおえん」，就與「遠縁」發音相同，令人聯想到與神明無緣。

著名的寺廟與佛像

◆奈良の大仏（なら だいぶつ）・奈良大佛

日本最有名的佛像位於奈良縣，通稱「奈良的大佛」，正確名稱為「東大寺盧舍那佛像」。在西元752年第一次完工，至今數度燒毀，現存佛像是重建數次的結果。

◆鎌倉大仏（かまくらだいぶつ）・鎌倉大佛

另外一尊有名的佛像位於神奈川縣，通稱是「鎌倉的大佛」，正確名稱為「國寶銅造阿彌陀佛如來坐像」。特徵在於佛像位於室外。1252年建造時原本是在室內的佛像，但佛寺經過數度的自然災害倒塌了。

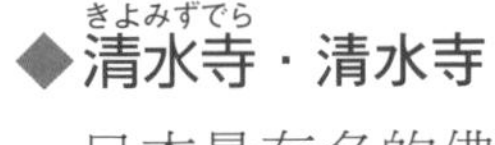

◆清水寺（きよみずでら）・清水寺

日本最有名的佛寺為位於京都的清水寺，主要供奉的是千手觀音。最先建於西元778年，後來在1633年重建至今。

69 本州

ほんしゅう

本州島

69.mp3

日本是**群島國家**，當中最大的本州島約佔日本國土**面積**60%，擁有日本80%的人口，設置了34個**都道府縣**。2010年人口普查統計本州人口數約為一億四百萬人。

群島国家・ぐんとうこっか・群島國家
面積・めんせき・面積
都道府縣・とどうふけん・都道府縣

本州的行政區規劃

とうほくちほう 東北地方 東北地區	あきたけん 秋田県・秋田縣	みやぎけん 宮城県・宮城縣
	あおもりけん 青森県・青森縣	やまがたけん 山形県・山形縣
	ふくしまけん 福島県・福島縣	
	いわてけん 岩手県・岩手縣	
ちゅうぶちほう 中部地方 中部地區	あいちけん 愛知県・愛知縣	にいがたけん 新潟県・新瀉縣
	ふくいけん 福井県・福井縣	とやまけん 富山県・富山縣
	ぎふけん 岐阜県・岐阜縣	せいおかけん 静岡県・靜岡縣
	いしかわけん 石川県・石川縣	やまなしけん 山梨県・山梨縣
	ながのけん 長野県・長野縣	
かんとうちほう 関東地方 關東地區	ちばけん 千葉県・千葉縣	ぐんまけん 群馬県・群馬縣
	さいたまけん 埼玉県・琦玉縣	とちぎけん 栃木県・枥木縣
	いばらきけん 茨城県・茨城縣	とうきょうと 東京都・東京都
	かながわけん 神奈川県・神奈川縣	
きんきちほう 近畿地方 近畿地區	ひょうごけん 兵庫県・兵庫縣	おおさかふ 大阪府・大阪府
	きょうとふ 京都府・京都縣	しがけん 滋賀県・滋賀縣
	みえけん 三重県・三重縣	ならけん 奈良県・奈良縣
	わかやまけん 和歌山県・和歌山縣	
ちゅうごくちほう 中国地方 中国地區	ひろしまけん 広島県・廣島縣	おかやまけん 岡山県・岡山縣
	しまねけん 島根県・島根縣	とっとりけん 鳥取県・鳥取縣
	やまぐちけん 山口県・山口縣	

本州各地區的名產食物

◆東北地方：青森縣的「リンゴ（蘋果）」

講到青森就不得不提到蘋果！蘋果有很多種類，最有名的是富士蘋果，第二多產的蘋果稱為「つがる」，特徵是酸味較少，水分多。

◆東北地方：秋田縣的「きりたんぽ（切短穗）」

秋田縣盛產稻米，也有糯米來做的當地料理。「きりたんぽ」將米搗碎，製成棒狀經過燒烤，再搭配味噌一起吃。

◆關東地方：東京都的「もんじゃやき（文字燒）」

麵粉跟包括高麗菜、玉米粒等的各種材料混合，經過鐵板煎製而成的料理。使用小鏟子來吃。可依照自己的喜好加上紫海苔之類來調味，呈現有點燒焦的時候食用。發揚是東京，但流傳到日本各地，現今各地區的文字燒都不太一樣。

◆近畿地方：大阪府的「お好み焼き（大阪焼）」

大阪燒在台灣廣為人知，日文「大阪焼き」在日本人卻不太常用，正確的說法為「お好み焼き（喜好燒）」，意為要加甚麼食材可以隨你喜好（＝お好み）。

◆中部地方：愛知縣的「味噌カツ（味噌豬排）」

味噌豬排是以八丁味噌之類的豆味噌、鰹魚高湯、砂糖為基礎，再加上店家各式各樣的佐料做成獨特的醬料，再配上炸豬排食用。是一道愛知縣獨有的料理。常以蓋飯方式食用。

◆中國地方：廣島縣的「もみじまんじゅう（紅葉饅頭）」

紅葉饅頭，簡稱「もみまん」。最近也開始在賣紅葉冰淇淋等。坊間流傳是以前的總理大臣住宿廣島縣的旅館時，向侍女開玩笑「你手就像紅葉般可愛，烤起來一定很好吃」，饅頭店的老闆聽了，就此得到靈感。

70 北海道
ほっかいどう
北海道

70.mp3

北海道地區幾乎都為**亞寒帶濕潤氣候**。夏天與冬天的溫差很大，冬天的積雪為**長期積雪**。土生土長的北海道人稱為「**道產子**」。

亜寒帯湿潤気候・あかんたいしつじゅんきこう・亞寒帶濕潤氣候
根雪・ねゆき・長期積雪　　道産子・どさんこ・道產子

北海道的行政區規劃

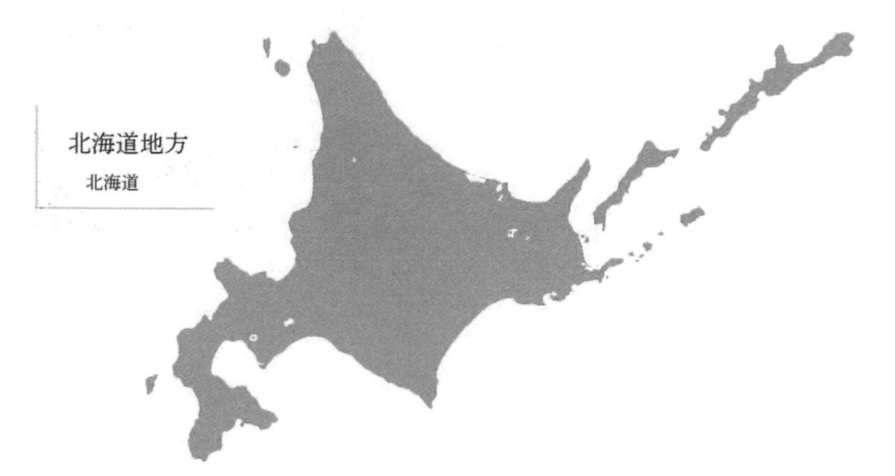

北海道是現在日本唯一的「道」，都道府縣制度下北海道包括整個**北海道本島**，以及周邊的離島。島內沒有其他的縣，較知名的「**札幌**」和「**函館**」皆為「市」。

補充單字

北海道本島・ほっかいどうほんとう・北海道本島
札幌・さっぽろ・札幌
函館・はこだて・函館

北海道的名產食物

◆ジンギスカン・烤羊肉

使用中間隆起的特殊鍋子來烤羊肉的燒肉料理，漢字寫為「成吉思汗」，不過跟蒙古沒有任何關係。是北海道的鄉土料理，但一時流行於日本各地，雖然已退燒，但現今日本在各超市仍都買的到羊肉。

◆スープカレー・湯咖哩

像是湯一樣的咖哩。湯咖哩地特色為裡面的青菜與肉都切的特別大塊，有些還會整塊丟下去。是從札幌開始流行，2002年開始大受歡迎，現今已經變成北海道的當地有名美食了。咖哩與湯一起放在別的碗裡，用湯匙挖飯下去泡咖哩為一般的吃法。

札幌雪祭り（さっぽろゆきまつ）・札幌雪祭

每年2月都會於大通公園舉辦的有名雪祭。最大特徵是會有許多的雪雕，會場的中心也會有冰雕。除了企業等組織出資製作的雪像，也有一般市民參加製作。此也會有許多小攤販與舞台表演。

71 四国（しこく）
四國

71.mp3

四國是由**香川縣**、**愛媛縣**、**德島縣**、**高知縣**四個縣組成的島嶼，位於本州島西南方，是日本四島中最小的島。

香川県・かがわけん・香川縣　愛媛県・えひめけん・愛媛縣
德島県・とくしまけん・德島縣　高知県・こうちけん・高知縣

四國的行政區規劃

四国遍路（しこくへんろ）・四國遍路

四國遍路是指依序參拜四國的八十八座佛寺。而參拜的人稱為「遍路先生／小姐」。四國遍路是以順時鐘遍訪四國(德島縣・高知縣・愛媛縣・香川縣)境內與弘法大師空海有淵源的佛寺，全長約1,400km的大巡禮之旅。

四國遍路第一站：
霊山寺的多宝塔

四國的名產食物

◆讃岐（さぬき）うどん・讚岐烏龍麵

讚岐烏龍麵是香川縣最有名的料理，縣民特別喜愛烏龍麵，平均一個人的烏龍麵消費量也常位居全國第一名。讚岐烏龍麵最大特徵在於麵滑嫩有彈力。

◆鰹（かつお）のたたき・炙燒鰹魚生魚片

中文也可稱為「鰹魚半敲燒」。將鰹魚生魚片的表面稍微烤一下，再加上蔥蒜、生薑絲等配料的吃法，是高知縣的知名料理。高知縣有一個有名的捕魚法稱為「一本釣り（いっぽんづり）（一本釣）」，漁師們不使用漁網之類的工具，一個人拿一個釣竿一隻一隻的把鰹魚釣上來。

徳島阿波踊り（とくしまあわおどり）・德島阿波舞

阿波舞是德島縣（舊稱阿波國）發源的盆舞。為日本三大盆舞之一。約有400年的歷史，夏天時會於德島縣內各地舉辦。一群人跟隨三味線、太鼓、鑼、橫笛等演奏兩拍子的音樂一起邊跳邊走邊唱歌。

72 九州（きゅうしゅう）

九州

72.mp3

九州是日本四島第三大的**島嶼**，位置最接近**赤道**，氣候較其他島嶼**溫暖**。「九州」名稱**由來**為九州島長久以來分為九個區域，但現代的九州地方分為七個縣。

島・しま・島嶼	赤道・せきどう・赤道
温暖・おんだん・溫暖	由来・ゆらい・由來

九州的行政區規劃

福岡県（ふくおかけん）・福岡縣	熊本県（くまもとけん）・熊本縣	佐賀県（さがけん）・佐賀縣
宮崎県（みやざきけん）・宮崎縣	大分県（おおいたけん）・大分縣	
長崎県（ながさきけん）・長崎縣	鹿児島県（かごしまけん）・鹿兒島縣	

九州的名產食物

◆博多明太子（はかためんたいこ）・博多明太子

辛子明太子是黃線狹鱈魚的卵巢加上辣椒等調味料而成的食物，為博多名產。雖說是當地名產，但明太子本身並非博多產物，而是因為辛子明太子這種吃法從博多發揚到日本各地。

◆宮崎（みやざき）マンゴー・宮崎芒果

宮崎縣產的全熟芒果。其中滿足重量350g以上、糖度15度以上的嚴格標準的芒果會被稱為「太陽（たいよう）のたまご（太陽的蛋）」，是最高級的芒果，兩顆最大尺寸的太陽之蛋芒果賣價超過一萬日圓。

◆長崎（ながさき）カステラ・長崎蜂蜜蛋糕

長崎為蜂蜜蛋糕的發源地，是從葡萄牙的蛋糕發展出來的一種蛋糕。「蜂蜜蛋糕」這個譯名其實是出自誤會，實際不一定會用到蜂蜜。

73 おきなわ 沖縄

沖繩

73.mp3

沖繩縣包括日本南方的幾個**群島**，明治時代以前有著自己的**琉球**王國，所以與日本其他縣市有著不同的**文化**、**習俗**，而這些特色也為沖繩帶來了繁榮的觀光產業。

群島・ぐんとう・群島	琉球・りゅうきゅう・琉球
文化・ぶんか・文化	風習・ふうしゅう・習俗

沖繩的行政區規劃

沖繩地方只有沖繩一個縣，大多數人提到沖繩指的會是最大的沖繩本島。有時會沖繩會算在九州地方之內，或並稱九州· 沖繩地方。

小知識

沖繩方言和標準語差距頗大，沒有知識很難聽懂。不過有一句話特別有名：「なんくるないさ」，一般認為是「總會有辦法的」的樂觀意思，但實際上是勸人努力行善才會有好報的俚語。

沖繩的名產食物

◆ゴーヤーチャンプルー・苦瓜什錦炒

「ゴーヤ（苦瓜）」是有名的沖繩食材，非常具代表性，但評價兩極。而「チャンプルー」在沖繩方言中有「混在一起」的意思，不一定只能加青菜或豆腐，什麼材料都可以混在一起一起炒。

◆泡盛（あわもり）・泡盛酒

原料主要使用泰國產的在來米釀製而成，但近年來越來越多使用縣產的大米釀製。有純飲、加冰塊、加水、加熱水、加碳酸水等的喝法，而沖繩當地也會使用當地名產，例如加香檬或加黃薑等，有著各式各樣的喝法。

◆ジーマミー豆腐（とうふ）・花生豆腐

使用落花生的沖繩鄉土料理。「ジーマミー（漢字寫成「地豆」）」在琉球語中為花生的意思。常配醬油一類的調味料吃，但也有加巧克力或黑糖等的甜食吃法。

沖繩的觀光景點

首里城（しゅりじょう）・首里城

首里城曾經是琉球王國的政治、外交、文化的中心地。琉球王國於1429年成立，1879年結束，在這之間與中國、日本、東南亞各個國家都有著貿易往來，發展了自己獨自的文化。

首里城曾五度燒毀，最近一次在2019年。2000年12月「琉球王國的城堡以及相關遺產群」被認定為日本第11個世界遺產的文化遺產。

美ら海水族館（ちゅらうみすいぞくかん）・美麗海水族館

「美ら」念法為「ちゅら」，在沖繩方言中有「美麗」、「漂亮」的意思。這個水族館最大特色是全長8.5m的鯨鯊與長期飼育紀錄世界第一的珊瑚礁鬼蝠魟等，飼養著各式各樣魚兒的大水缸。

而負責保護水缸的大型壓克力板高度為8.2m、寬22.5m、厚度則為60cm。

エイサー・沖繩太鼓舞

8月中舉辦的送靈祭典，年輕舞者配合稱為「地謠」的歌曲敲著太鼓，身體跟著彎轉、蹲下、跳起、旋轉等各種動作。數十人一同舞蹈的統一感、躍動感為沖繩太鼓舞的最大魅力。

第五章

文化

74 古事記（こじき）

古事記

74.mp3

古事記是西元712年時候寫出的日本最古老的書，內文收錄日本神話的「開闢天地」到「推古天皇」時代的歷史。神話與歷史混雜，收錄許多有趣的故事。

最古・さいこ・最古老
天地開闢・てんちかいびゃく・開闢天地
推古天皇・すいこてんのう・推古天皇　歷史・れきし・歷史

因幡的白兔

「因幡的白兔」是古事記中最著名的故事，也是日本最古老的愛情故事。

因幡の白兎・いなばのしろうさぎ・因幡的白兔
ラブストーリー・愛情故事

◆故事內容大綱

很久很久以前，有一個國家叫做出雲，在這裡有一個男性神叫大國主命、還有很多兄弟的神們。他們的祖先神是須佐之男命。有一天兄弟神們聽到在鄰國因幡有一位非常漂亮的公主叫作八上姬，他們就想把她娶來。

他們決定到因幡求婚，也要大國主命陪他們一起去。兄弟神們讓他拿很重的行李、就先出發了。兄弟神們走路走到一個地方叫氣多的海岸看到一隻毛都被拔掉的兔子。他們叫兔子說去海邊洗身體然後到山上吹風吹乾，兔子聽他們說話做那樣，結果更痛，忍不住哭了。

剛好走在後面的大國主命經過這裡，問了兔子「你為甚麼哭？」，兔子跟大國主命解釋說：

我原本住在隱岐之國。因為我想要過海來到這裡，就跟那裡海邊的**鯊魚**說「來比比看你們全家，和我們全家哪一邊比較多」，結果鯊魚全家從隱岐之國排到了氣多海岸。我假裝要數鯊魚的數量，踩他們的背面渡了海，最後跟他們說「你們被我騙了！」，結果鯊魚很生氣就把我的毛都拔掉了。後來，經過這邊的神們叫我用海水洗身體，但更痛了。

大國主命說：「那你去河邊用水洗澡，然後在地上舖上香蒲，躺在上面吧。」

兔子聽他說話就這樣作，結果他的身體很快恢復了。兔子很開心的的說：「那些神們絕對無法跟八上姬結婚。你才能跟她結婚。」

結果如兔子的預言，八上姬親自指名了大國主命，兩人就這樣結婚了。

隣国・りんこく・鄰國　　娶る・めとる・娶
荷物・にもつ・行李　　鮫・さめ・鯊魚

◆白兎神社（はくとじんじゃ）・白兔神社

白兔神社位於鳥取市，該地接近故事的舞台，神社祭拜的便是「因幡的白兔」。因為故事裡面白兔子皮膚受傷之後又痊癒，所以據說在這個神社拜拜對皮膚病有功效。

另外這裡也是日本第一個愛情故事的起源之地，在2010年被日本的組織「地區活化支援中心」認定是「情人的聖地」。

75 俳句(はいく)と川柳(せんりゅう)

俳句與川柳

75.mp3

俳句與川柳是兩種**形式**不同的日本詩歌，兩者都**限制**字數要是五・七・五，但俳句比川柳多了一些**規則**。

形式・けいしき・形式　　制限・せいげん・限制
規則・きそく・規則

俳句

俳句是由五・七・五的模式組成的日本詩歌。也有人稱作十七文字、十七音、十七語。寫作朗誦俳句的人就稱為**俳人**。

◆俳句特色

① 根據五・七・五的「**節奏**」吟詠出來的定型詩歌。如果五的地方為六個音以上，七的地方為八個音以上，就稱為字餘。

② 要有一個「**季語**」。俳句中季語擔任很大的腳色，而關於季語衍生出來許多派別，例如堅持一定要放季語的「有季派」與衍伸出來的重視季節感的「季感派」，還有認為無季也行的「無季容認派」，以及打破原有俳句情趣的「無季派」等等。

補充單字

俳人・はいじん・俳人　　韻律・いんりつ・節奏
季語・きご・季語

③ 句子裡要有「**斷句**」。

「斷句」簡單來說就是句子如何斷掉，要讓讀者有一瞬間的時間，能夠想像作者所要表現的**感情**、意境，而這個技巧就稱為「斷句」，能增添俳句的質感，另外在與季語相呼應孕育出韻律。俳句的評價非常重視斷句。用在句子斷掉之處的字稱為「**斷句字**」，常見的斷句字有「かな」、「や」、「けり」。

川柳

和俳句一樣是由五· 七· 五的模式組成的日本詩歌，但以**口語**為主，也沒有季語與斷句的限制，可以說只要能維持五· 七· 五的模式，就可以稱為是川柳。俳句以**詩詠**「**自然**」為主，川柳則以「人」、「事」為描寫對象。

ふゆやすみ かぜをひいたら もったいない

ふゆやすみ	かぜをひいたら	もったいない
春假	得了感冒	太划不來

補充單字

切れ・きれ・斷句　　感情・かんじょう・感情
切れ字・きれじ・斷句字　　口語・こうご・口語
詠む・よむ・詩詠　　自然・しぜん・自然

76 和歌（わか）

和歌

76.mp3

日本自古流傳至今的詩歌形式，5音與7音交錯而成，創作和歌的作家稱為**歌人**。著名的**百人一首**上面的詩便是和歌。

歌人・かじん・歌人
百人一首・ひゃくにんいっしゅ・百人一首

和歌的種類

◆短歌

一個**短歌**內有五句，字數分別為五・七・五・七・七，共31個字，是最常見的一種形式，百人一首的和歌全部皆為短歌。短歌例：百人一首內收錄的詩人「**小野小町**」作品。

花(はな)の色(いろ)は	櫻花的顏色在春天長
うつりにけりな	雨之間徒然的褪了，
いたづらに	就如同我的美貌，在
わが身世(みよ)にふる	煩惱世事和愛戀之間
ながめせしまに	紅顏老去一般。

◆長歌

形式為五七、五七、…、五七、七，也就是五七音節重複三次以上，最後再加上七音節結尾。在『萬葉集』裡還可以看的到，但在『古今和歌集』裡已經看不到**長歌**了。詠唱長歌時通常會一起唱短歌。

補充單字

短歌・たんか・短歌
長歌・ちょうか・長歌
小野小町・おののこまち・小野小町

和歌的枕詞

枕詞是和歌的重要元素，欲表現某種情緒時所添加的特定語彙。枕詞常見於短歌最開始的5個字，而枕詞之後會接的字也有議定規則。

短歌例：百人一首內收錄的詩人「**阿部仲麻呂**」作品。

あまのはら
ふりさけ見(み)れば
かすがなる
三笠(みかさ)のやまに
いでしつきかも

仰望廣闊的天空，月亮出來了。那個月亮，和在我的故鄉：春日的三笠山那裏見到的月亮是同一個嗎？

這句短歌的枕詞為「あまのはら（天空）」。這個枕詞之後會接續「ふりさけ見(み)る（望向遠方）」或是「富士(ふじ)（富士山）」。

百人一首

百人一首一般指的是「**小倉百人一首**」，是大約在13世紀時由「藤原定家」整理出來的和歌集，如其名收錄了100首和歌。這些和歌被後世做成「**歌牌**」，廣泛流傳至今。

補充單字

枕詞・まくらことば・枕詞
阿部仲麻呂・あべのなかまろ・阿部仲麻呂
小倉百人一首・おぐらひゃくにんいっしゅ・小倉百人一首
歌かるた・うたかるた・歌牌

77 花見（はなみ）
賞花

77.mp3

賞花是日本的一種民間習俗，意思即「看花」。在日文中，「花」字單獨用時多指**櫻花**，因此賞花若無特別指定，多指**觀賞**櫻花，所以賞花也多在櫻花**綻開**的**春季**舉行。

桜・さくら・櫻花	鑑賞・かんしょう・觀賞
咲く・さく・綻開	春・はる・春季

櫻花

櫻花從春天開始在各地陸續綻放，但是卻只能維持約兩週的時間，**美麗**的櫻花稍縱即逝，當櫻花被吹落時，就像人的生命一樣短暫。

1～3月是日本賞櫻旺季，約略從1月起，由南端的沖繩開始，各地櫻花陸續綻放，3月底～4月底是日本本島花期最**集中**的時段。日本全島由北至南，賞櫻聖地名所不計其數，加上國土狹長為各地環境氣候帶來的**差異**，不同的櫻花種類綻放各處，例：伊豆河津的河津櫻、東京的染井吉野櫻、奈良的吉野山櫻…等等。

補充單字

美しい・うつくしい・美麗　集中・しゅうちゅう・集中
異なる・ことなる・差異

小知識：桜前線（さくらぜんせん）・櫻花前線

櫻花前線為每年 3 月下旬櫻花從九州南部開始往四國南部、九州北部、四國北部、瀨戶內海沿岸、關東地方、北陸地方、東北地方等陸續北上，直到北海道為止。

賞花常見的食物

賞花必備飲料・TOP3

ビール・啤酒

お茶（ちゃ）・綠茶

チューハイ・水果燒酎

賞花必備食物・TOP3

おにぎり・飯糰

唐揚（からあ）げ・日式炸雞

だんご・團子

小知識：花見団子（はなみだんご）・花見團子

花見團子是日人賞花時常見的和果子，這是從江戶時代流傳下來的傳統食物，通常都是以紅、白、綠三個顏色的丸子組成，紅色就代表著櫻花，即代表春天的氣息。不過近來顏色也變得多樣化了。

78 花火大会（はなびたいかい）

煙火大會

78.mp3

每年的7、8月在日本各地都會舉行盛大的「煙火大會」，當日可以見到非常多的日本人身穿和服或浴衣前來。在車站至會場的沿途路上也會聚集許多攤販，販賣著冰點與章魚燒、大阪燒、炒麵等等，非常地熱鬧。

浴衣・ゆかた・浴衣　　たこ焼き・たこやき・章魚燒
大阪焼き・おおさかやき・大阪燒　　焼きそば・やきそば・炒麵

煙火的歷史

日本興盛花火，早有一段很長的歷史。根據史書《駿府政事錄》、《武德編年集成》最早記載，大約西元1613，曾有來自明朝的中國商人引領英國使節拜訪德川家康，為其表演花火。此後，日本出現了花火師，他們走街串巷，專門叫賣線香花火，市場漸旺。幕府時期，曾經因為江戶城中屢出火事而禁放花火，但櫻花年年開放，花火也難以禁止，江戶的夏夜始終璀璨光華。之後花火曾數度再被禁止，但最終總是會復活，至今花火大會已成為日本每年夏天必辦的活動之一。

補充單字

使節・しせつ・使節　　花火師・はなびし・花火師
線香花火・せんこうはなび・線香花火　　江戶・えど・江戶

花火的種類

◆大型煙火

通常講煙火，指的會是大型、在高空爆炸的煙火。爆發前的煙火稱為「**花火玉**」，依傳統用其**直徑**的寸或是尺來分類。3號為3寸（約9公分）、4號為4寸（約12公分）、10號為1尺（約30公分）。花火玉愈大，煙火噴射的愈高，爆開後所呈現的直徑就愈大。10號可到達高度為320公尺，直徑約為330公尺。

此為8號花火玉

◆玩具煙火

不需要**執照**就可以購買、使用的煙火統稱為**玩具煙火**，在法令上跟大型煙火是完全不同的東西。

常見的玩具煙火：

ヘビ花火（はなび）・蛇炮

噴出花火（ふんしゅつはなび）・金樹銀花

手持ち花火（てもちはなび）・手持煙火

花火玉・はなびだま・煙火玉
直径・ちょっけい・直徑
おもちゃ花火・おもちゃはなび・玩具花火

79 祭り（まつ）
祭典

79.mp3

日本的節慶活動可分為年中的行事活動、國民慶典節日活動，以及有濃厚鄉土氣氛的**在地祭典**，不過眾為皆知的祭典便是包括京都祇園祭的**日本三大祭典**。

地元祭り・ちもとまつり・在地祭典
日本三大祭り・にほんさんだいまつり・日本三大祭典

日本三大祭典

◆天神祭（てんじんさい）・天神祭

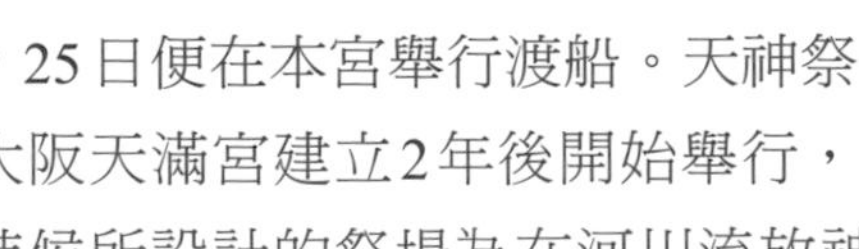

大阪天滿宮的夏季祭典，於每年七月下旬舉行。24日會在宵宮進行宗教儀式，25日便在本宮舉行渡船。天神祭在大阪天滿宮建立2年後開始舉行，這時候所設計的祭場為在河川流放神矛，而在祭場周圍祭祀人員也在河川流放船隻，目的是迎神。

◆神田祭（かんだまつり）・神田祭

東京神田神社的祭典。兩年舉辦一次，日期為5月15日。神田祭受到江戶幕府的庇護，將軍及其妻子會登上高台觀看江戶城內的祭祀活動，所以江戶時代的人們也將之稱為「天下祭」。

◆祇園祭（ぎおんまつり）・祇園祭

祇園祭在第142頁的「祇園」也曾提到過，由京都市的八坂神社舉行。祇園祭在以前稱做御靈會，具有千年以上的傳統。也有另一說詞為在西元869年的時候，當地居民為了祈求傳染病能夠趕快消退，持著66根長矛舉行御靈會。到室町時代以後，各地大名相繼模仿京都的慶典，所以從祇園祭開始推廣到各地，其以華麗山車出巡各地的型態普及至全國。

各地祭典

◆能登（のと）キリコ祭（まつ）り・能登KIRIKO祭

KIRIKO祭是從七月初起至九月中旬間在能登各地所舉行祭典的總稱，而所謂的KIRIKO是指燈籠的意思。能登地區各地會舉行許多種類的KIRIKO祭，在這些祭典中也都具有各地方的特色和傳統魅力。

◆佐原（さはら）の大祭（たいさい）・佐原大祭

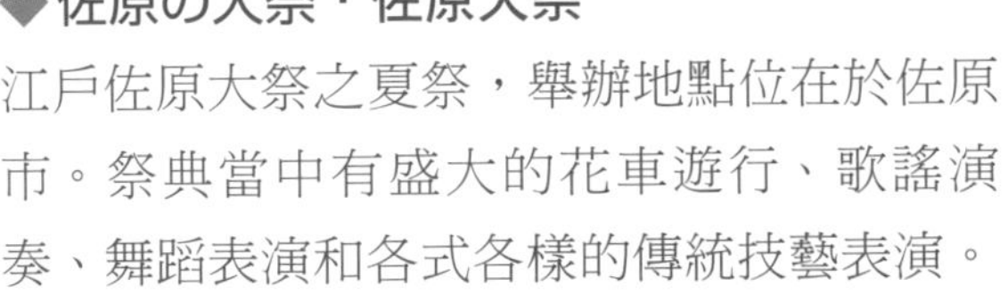

江戶佐原大祭之夏祭，舉辦地點位在於佐原市。祭典當中有盛大的花車遊行、歌謠演奏、舞蹈表演和各式各樣的傳統技藝表演。

◆信楽陶器（しがらきとうき）まつり・信樂陶器祭

信樂燒是日本國內六古窯之一，而信樂町就是因信樂燒而繁榮起來的。在每年七月的第四個星期五、六、日為燒物所特別舉行祭典，當中會有燦爛的煙火大會及信樂燒新製品的展覽。

80 日本の祝日（にほん しゅくじつ）

日本的節日

80.mp3

日本特有的節日中較有名的是「**成人日**」、「**女兒節**」，此外還有「**節分**」和「**七五三**」等會進行特別活動的日子。

成人の日・せいじんのひ・成人日
雛祭り・ひなまつり・女兒節
節分・せつぶん・節分　　七五三・しちごさん・七五三

成人日

每年1月的第二個星期一是日本的「成人節」，從新年1月1日開始，日本各地就開始舉辦各種活動，來慶祝20歲的青年男女從此加入成年人行列。按照傳統，成為「新成人」的女孩要穿上袖襬長長的漂亮和服，這些和服價格從十幾萬到上百萬日元，因為價格過於昂貴，一般的家庭都會採用租借的形式，但是這也要花費數萬日圓。

女兒節

女兒節是日本女孩子的節日，又稱人偶節、雛祭。屬於「**五節句**」之一的「**桃之節句**」本來在農曆的三月三日，明治維新後改為西曆3月3日。父母親會為女兒設置階梯狀的陳列台，由上至下，擺放穿著日式和服的娃娃，這種娃娃在日本稱為**雛人形**。男孩節則定於端午節。

節分

每年的2月3日為節分，節分本來是象徵季節的轉移，指的是立春、立夏、立秋、立冬的前一天，但是現在只有春天的節分才會有特別的節慶活動。家家戶戶在這一天會**灑豆子**，並大喊「**鬼離開，福進門**」，以祈求一年都可以平安順利。此為，節分這天還會吃叫做「**惠方卷**」的壽司飯捲，吃的時候臉要朝向當年的「惠方」，據說會帶來好運。

七五三

日本的「七五三」是父母親會在11月15日帶著3歲、7歲的女孩，或是3歲、5歲的男孩到神社**參拜**，以祈求神明保佑平安長大。在「七五三」的時候，也會吃一種叫做「**千歲糖**」的糖果，這種糖果有點像麥芽糖，大概長1公尺，寬15公分，象徵父母親希望孩子能夠長壽。其顏色用具有吉祥意義的紅與白製作，外面包裝則畫有龜鶴或是竹梅圖案。

補充單字

五節句・ごせっく・五節句
桃の節句・もものせっく・桃之節句
雛人形・ひなにんぎょう・雛人形
豆まき・まめまき・灑豆子
鬼は外、福は内・おにはそと、ふくはうち・鬼離開，福進門
参拝・さんぱい・參拜
千歳飴・ちとせあめ・千歲糖

81 みんかんでんしょう 民間伝承
日本的民俗傳說

81.mp3

民俗傳說中不免會出現**超乎人類理解**的奇妙生物，在日本這些**不可思議**的生物通稱為「**妖怪**」，種類繁多，現今也常出現在各種創作之內。部分妖怪特別的常見，因此到現代也很有名。

人知を超えた・じんちをこえた・超乎人類理解
不可思議・ふかしぎ・不可思議　　妖怪・ようかい・妖怪

天狗（てんぐ）・天狗

天狗為日本傳說中的一種妖怪，刻板印象中穿著僧侶的服裝，有著高高的紅鼻子跟紅通通的臉，手持團扇、**羽扇**或寶槌，身材高大，背後長著雙翼。通常居住在深山之中，具有令人難以想像的怪力和**神通**，腰際懸著武士刀，穿著日式傳統高腳木屐，隨身帶著**蓑衣**以便隨時把自己隱藏起來。

補充單字

天狗・てんぐ・天狗　　神通力・じんずうりき・神通力
羽扇・うせん・羽扇　　蓑・みの・蓑衣

小知識

天狗の詫び証文（てんぐのわびしょうもん）・天狗的道歉信文

在靜岡縣伊東市佛現寺院，有據說是「天狗的道歉信」的東西。傳說是被寺院的住持嚇跑的天狗留下來的。信中超過兩千個沒人看過的字，其中沒有一個字重複，現今仍未被解讀。

髪(かみ)が伸(の)びる人形(にんぎょう)・會長頭髮的人偶

供養娃娃以祈求平安的迷信，在日本相當盛行，因此傳出許多關於娃娃的靈異事件，而「菊子人偶」幾乎成了愛玩娃娃的女孩們的惡夢。故事從北海道空知郡的栗澤町開始，二次大戰前有一位名叫鈴木永吉的人把三歲就夭折的女兒「菊子」的娃娃供養在一間名為萬念寺的小廟裡，戰後鈴木先生回國，發現寺中供養的娃娃頭髮居然生長了數公分，被認為是因為菊子的靈魂寄附在娃娃身上的緣故。

九尾(きゅうび)の狐(きつね)・九尾妖狐

日本民俗傳聞有九個尾巴的狐狸是妖力極高的大妖怪，最有名的是九尾妖狐的「玉藻前」，傳說也是在中國古代導致商朝滅亡的「妲己」。妖狐逃到日本來後化身為「玉藻前」，想要害死當時的天皇「鳥羽天皇」，結果被安倍晴明識破，經過一番大戰後終於被收伏，但日本各地還留下不少她的怨念，稱為「殺生石」。

補充單字

供養・くよう・供養
お菊人形・おきくにんぎょう・菊子人偶
玉藻前・たまものまえ・玉藻前
殺生石・せっしょうせき・殺生石

82 忍者

にんじゃ

忍者

82.mp3

忍者是日本自室町時代至江戶時代出現的一種特殊的職業。忍者們接受**忍術**的訓練，主要從事**間諜**活動。一般印象中忍者經常穿著深藍、深紫色的服飾，方便**隱匿**於黑**夜**之中。

忍術・にんじゅつ・忍術　　間者・かんじゃ・間諜
隱れる・かくれる・隱匿　　夜・よる・夜

忍者是什麼？

忍術流派以**伊賀**（三重縣西北部）、**甲賀**（滋賀縣南部）兩地為主流。實際上的忍者主要的工作是收集情報，當然不會一直穿著全身黑衣。忍者主要活躍於亂世的戰國時代，除了諜報之外也會進行破壞設施，煽動，甚至是暗殺。實際發生戰爭時也有忍者會以**步兵**身分直接參加戰鬥。

◆女忍者

女忍者的常見手段為偽裝成為**侍女**來潛入目標的組織之內，刺探對方的機密情報，甚至是暗殺要員。因此很少會像男性忍者一樣以全身黑色裝束執行任務，現代創作內常見的可愛或性感形象都是**虛構**。

補充單字

伊賀・いが・伊賀　　甲賀・こうか・甲賀
足軽・あしがる・步兵　　くノ一・くのいち・女忍者
女中・じょちゅう・女中　　虛構・きょこう・虛構

忍者使用的武器

◆手裏剣（しゅりけん）とくない・手裏劍和苦無

忍者常見的投擲武具。手裏劍是便宜、易攜帶、又有一定殺傷力的武器，苦無除了一樣可以向敵人投擲，也可以當作小刀一般使用，是多功能的武具。兩種武器有時會塗上毒藥來進行暗殺。

◆鎌（かま）・鐮刀

一般農民用來割草的鐮刀。常見，容易取得，而且只要扮成農民，隨時帶著也不奇怪，因此成為忍者的招牌武器之一。

◆忍刀（しのびかたな）・忍者刀

改造成方便攜帶的大小的日本刀，明顯的較武士的刀短。但是像這樣的刀對忍者來說還是太顯眼，一般認為忍者刀是後世的創作。

忍者吃的食物

忍者食物以穀物為主，主食通常是糙米、小麥、蕃薯，配菜是黃豆製成的豆腐、味噌，其他是梅子、蔬菜、芝麻、鵪鶉蛋等。會增強體臭的食物，例如韭菜、肉類、蔥、大蒜、薑等盡量不會去碰，但並非嚴格規定。

豆腐（とうふ）・豆腐

ウズラの卵（たまご）・鵪鶉蛋

玄米（げんまい）・糙米

83 茶道（さどう）

茶道

83.mp3

現代的茶道由主人準備茶與**點心**招待客人，而主人與客人都按照固定的規矩與步驟行事。除了飲食之外，茶道精神延伸到**茶室**內外的佈置，品鑑茶室的書畫佈置、庭院的**園藝**及**茶器**都是茶道的重點。

お菓子・おかし・點心	茶室・ちゃしつ・茶室
園芸・えんげい・園藝	茶器・ちゃき・茶器

茶道

日本茶道是在一種**儀式**化的招待客人方式。日本茶道和其他東亞的喝方式一樣，都是一種以品茶為主而發展出來的特殊文化，但內容和形式則有別。茶道歷史可以追溯到13世紀。最初是僧侶用茶來集中自己的精神，後來才成為跟他人分享茶水和點心的儀式。現在的日本茶道分為**抹茶**道與**煎茶**道兩種。

◆ 日本的茶道流派

現今日本三大知名的茶道流派都和千利休有著深厚的關係，稱為「三千家」，分別是「表千家」、「裏千家」、「武者小路千家」，其中以裏千家勢力最大。自千利休在秀吉的命令下**切腹**之後，千家流派便趨於消沉。直到千利休之孫千宗旦時期才再度興旺起來，因此千宗旦被稱為「千家中興之祖」。到了千宗旦的晚年，千家流派便開始分裂，最終分成三個流派。

補充單字

儀式・ぎしき・儀式	抹茶・まっちゃ・抹茶
煎茶・せんちゃ・煎茶	腹切り・はらきり・切腹

茶道用的道具

茶葉（ちゃば）・茶葉

茶碗（ちゃわん）・茶碗

茶菓子（ちゃかし）・茶點

茶筅（ちゃせん）・茶刷

茶入（ちゃいれ）・茶入

茶釜（ちゃがま）・茶鍋

茶會要準備的東西

參加茶會之前要自己準備以下三種東西。懷紙和小叉子是吃茶點時用的。

扇子（せんす）・扇子

懐紙（かいし）・懷紙

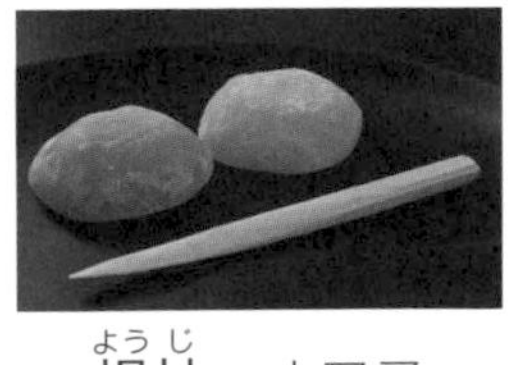

楊枝（ようじ）・小叉子

84 かどう 花道
花道

84.mp3

擷取樹木花草的枝、葉、及花朵，並將其插入花瓶中的方法與技術。日式插花以花材用量少，選材簡潔為主流，例如有些作品會以花的含苞、待放、盛開代表過去、現在、將來。

枝・えだ・枝幹	葉・は・樹葉
花・はな・花朵	蕾・つぼみ・花苞

花道的種類

花道隨著時代的演變，產生許多種樣式，稱為「花形（かけい）（花形）」。

◆立花（りっか）・立花

立花是將花立起來的意思，它要在瓶中表現山峰及平原上多彩的花草樹木。它來源於神佛前的供花，所以立花的特點是雄偉、華麗而端莊。

◆生花（しょうか）・生花

花瓶的水面象徵著大地或池沼的水面，為了表示植物的生長所以在花瓶的水面以上七、八公分的部分基本上只能看到一個枝幹。就像是從地上長出一棵植物的樣子。

◆投入（なげいれ）、盛花（もりばな）・投入、盛花

「盛花」原意是花形像是用盤子裝著許多花而得名。「投入」是將花枝投入 高的瓶中意思。明治維新後，大量的色彩絢麗的外國花卉輸入日本。花道界便開始用外國花卉來尋求新的樣式。

◆自由花（じゆうはな）・自由花

自由花也稱「前衛花」，是從上述「盛花、投入」衍生出 的現代花形，所以自由花也可說是現代的「盛花、投入」。自由花沒有像立花和生花在花材等方面的種種限制，可以自由地大膽創新。

花道用的道具

はさみ・剪刀

花瓶（かびん）・花瓶

剣山（けんざん）・劍山

花的構造與名稱

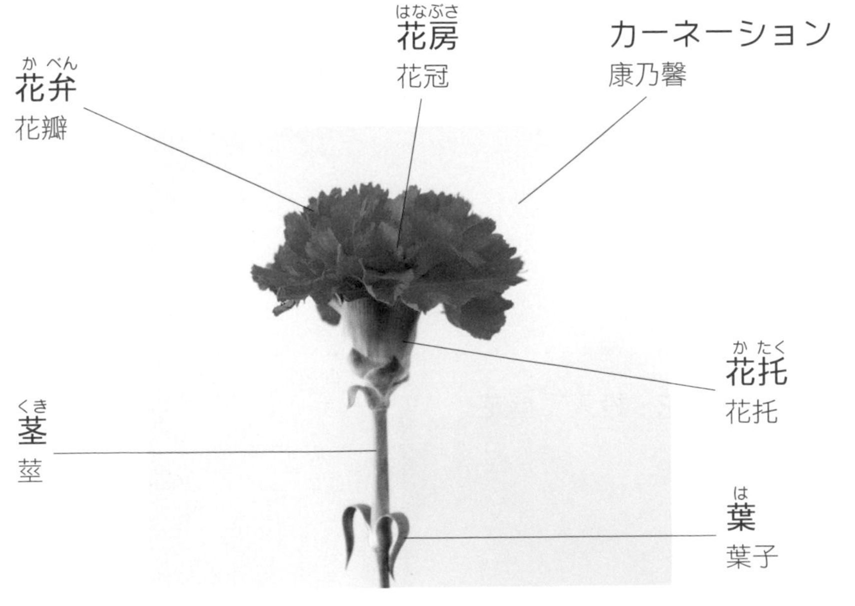

85 伝統工芸品

でんとうこうげいひん

伝統工芸品

傳統工藝品

「傳統工藝品」一般定義是平時生活中可用的、以超過百年傳統技法手工製造的物品，常見的有**陶瓷器**、**木工藝品**、或**編織物**。傳統工藝品常會以某地區為**產地**，工藝品的名稱也常會取自該地的地名。

陶磁器・とうじき・陶瓷器
木工品・もっこうひん・木工藝品
織物・おりもの・編織物　　**産地**・さんち・產地

陶瓷器

用陶土所燒製而成的器皿。近畿以東被稱為瀨戶物，中國、四國以西稱為唐津物。以燒窯方法、用途及生產地等來分類。

◆九谷焼（くたにやき）・九谷燒

產地為石川縣。特徵為濃厚的顏色彩繪。根據時代或陶工，其手法也不同，但其特色的彩繪從古九谷時代開始就沒有改變。以紅色、黃色、綠色、紫色、深藍五種顏色所描繪而成。

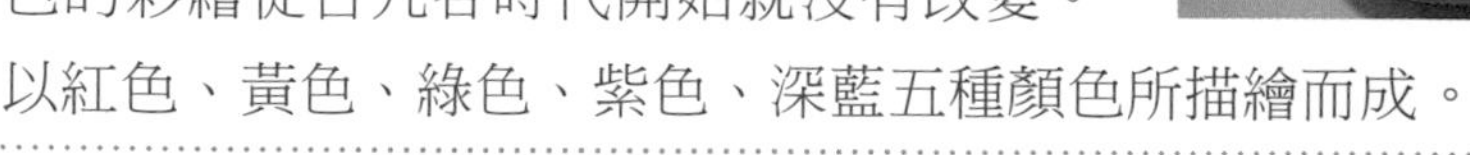

◆有田焼（ありたやき）・有田燒

產地為佐賀縣。是少見的從日本輸出到國外的瓷器。江戶時代以鮮豔的顏色彩繪而成的有田燒大受歡迎，還輸出到歐洲。那時候的製品稱為「古伊萬里」，為現今有田燒的主流之一。

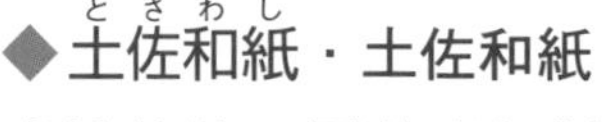

和紙

以傳統日本的造紙方法所製造成的紙。

◆土佐和紙（とさわし）・土佐和紙

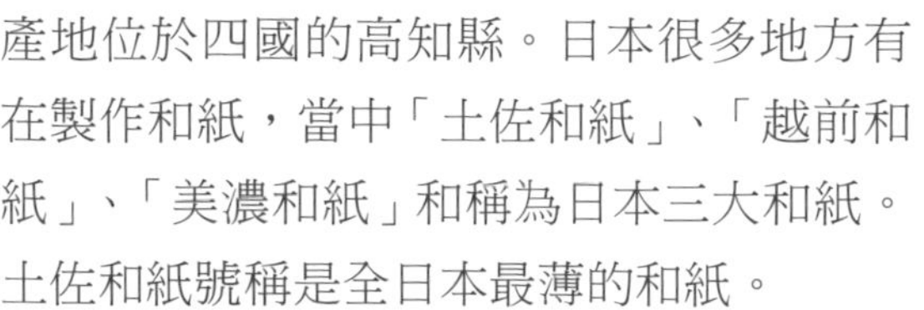

產地位於四國的高知縣。日本很多地方有在製作和紙，當中「土佐和紙」、「越前和紙」、「美濃和紙」和稱為日本三大和紙。土佐和紙號稱是全日本最薄的和紙。

◆美濃和紙（みのわし）・美濃和紙

產地為日本中部地方的岐阜縣，美濃和紙的主要原料為小構樹的韌皮部分，至今超過1300年的歷史。最大特徵為其紙薄卻牢固，有名的美濃和傘（正確名稱為岐阜和傘）便是用這種紙製成的。

漆器

在木頭或紙上重複塗上瓷漆的工藝品。

◆輪島塗（わじまぬり）・輪島塗

產地為石川縣。在木製的器具塗上混入當地採集的矽藻土粉末的漆，增加漆器的光澤和強度。

◆会津塗（あいづぬり）・會津塗

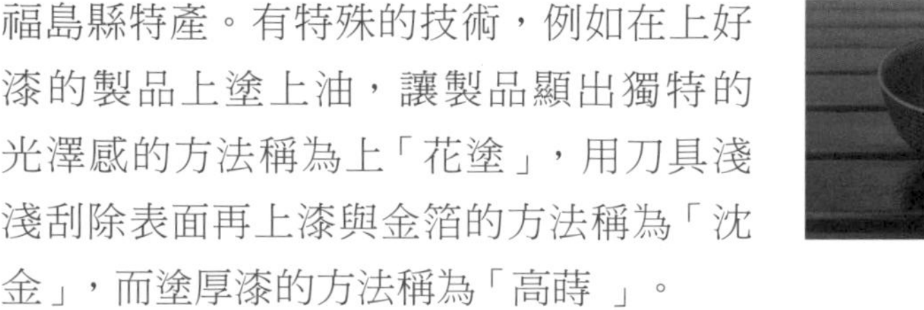

福島縣特產。有特殊的技術，例如在上好漆的製品上塗上油，讓製品顯出獨特的光澤感的方法稱為上「花塗」，用刀具淺淺刮除表面再上漆與金箔的方法稱為「沈金」，而塗厚漆的方法稱為「高蒔 」。

木偶

◆こけし・小芥子木偶

小芥子木偶是東北山村裡的木造師傅們所製作的木造玩具，當地溫泉地帶的名物特產，賣給來泡湯的客人。構造為頭部與身體，且眼睛和鼻子也畫得很簡單。但是根據產地不同，樣式與模樣也會不同。

編織物

◆西陣織（にしじんおり）・西陣織

京都府的傳統織布。西陣織的特徵在於使用種類豐富的絲線，預先染色，再一起編織出一個大的編織物。像這樣高級的織布常會使用在正裝和服的腰帶。

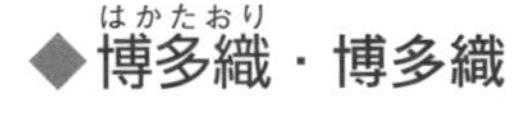

◆博多織（はかたおり）・博多織

福岡市的傳統織布，和西陣織、桐生織並列為日本三大編織物。江戶時代時福岡的當地政府會將最高級的織布獻給江戶幕府的德川將軍，因此最高級的博多織又稱為「獻上博多」。

台灣廣廈國際出版集團
Taiwan Mansion International Group

國家圖書館出版品預行編目（CIP）資料

漫步日本街頭學日語：細說在日生活、觀光會用到的知識、文化,搭配圖片讓你一看就懂,輕鬆了解日本大小事！/雪希 YUKI著.
-- 初版. -- 新北市：語研學院出版社, 2023.03
面；　公分
ISBN 978-626-96409-7-3(平裝)

1.CST: 日語 2.CST: 讀本

803.18　　　　112000148

漫步日本街頭學日語

細說在日生活、觀光會用到的知識、文化，搭配圖片讓你一看就懂，輕鬆了解日本大小事！

作　　者／雪希 YUKI
編輯中心編輯長／伍峻宏
編輯／尹紹仲
封面設計／林珈伃・**內頁排版**／菩薩蠻數位文化有限公司
製版・印刷・裝訂／皇甫・秉成

行企研發中心總監／陳冠蒨
線上學習中心總監／陳冠蒨
媒體公關組／陳柔彣
產品企製組／顏佑婷
綜合業務組／何欣穎

發 行 人／江媛珍
法 律 顧 問／第一國際法律事務所 余淑杏律師・北辰著作權事務所 蕭雄淋律師
出　　版／語研學院
發　　行／台灣廣廈有聲圖書有限公司
地址：新北市235中和區中山路二段359巷7號2樓
電話：（886）2-2225-5777・傳真：（886）2-2225-8052

代理印務・全球總經銷／知遠文化事業有限公司
地址：新北市222深坑區北深路三段155巷25號5樓
電話：（886）2-2664-8800・傳真：（886）2-2664-8801
郵 政 劃 撥／劃撥帳號：18836722
劃撥戶名：知遠文化事業有限公司（※單次購書金額未達1000元，請另付70元郵資。）

■出版日期：2023年03月
ISBN：978-626-96409-7-3